約會大作戰 DATE A BULLET

赤黑新章 1

DATE A LIVE FRAGMENT DATE A BULLET

Kadokawa Fantastic Novels

「那麼，我是第一個。」
準精靈——佐賀繰唯
「——不戰鬥的話，會死掉喲。」
準精靈——指宿帕妮耶
「等一下給我過來校舍後面。」
準精靈——乃木愛愛

趣是看書。」
準精靈——武下彩眼
「呃……要算殺掉的人數嗎？」
準精靈——雪莉・姆吉卡
殺個過癮吧！」
準精靈——土方征美
——佛露思・普羅奇士
「我輕輕一打，妳就死了。」
準精靈——砺波篩繪

「身為淑女，
怎能駕馭不了這種程度的
內衣褲呢？」
精靈——時崎狂三

「我覺得淑女應該不會穿這種類型的內衣褲……」
神祕少女——空無

「真的很感謝妳。
多虧妳，我又能
變得更強。」
準精靈——蒼

「〈刻刻帝〉——【二之彈】。」
Zafkiel
Bet

「……為什麼，不殺了我？」

約會大作戰
DATE A BULLET

赤黑新章

01

東出祐一郎

原案・監修：橘 公司

Kadokawa Fantastic Novels

彩頁／內文插畫　NOCO

——齊聚一堂的十名少女，收到的指令是互相殘殺。
——手持槍，瞳為鐘，裝填時間。
——那麼，開始戰爭(DATE)吧。
約會大作戰
DATE A BULLET
赤黑新章 1
DATE A LIVE FRAGMENT
SpiritNo.3
AstralDress-NightmareType Weapon-ClockType[Zafkiel]

○空無

——死去般沉眠，沉眠般死去。

急速墜落，如同墜入地獄似的快速。
輕柔撞擊，如同抵達天堂似的緩和。
無論是溫暖的記憶還是冷淡的衝動，一切皆已遠去，剩下的，只有一副空殼。
搖搖晃晃、左右搖曳，宛如汪洋中飄泊的小船。
救命啊！救命啊！
扯開嗓門吶喊。無論如何放聲大叫，眼前只有一望無際的洶湧大海、漆黑的浪潮、陰翳的蒼穹、幽暗的死亡——
船底破洞，被拖進大海。
無法呼吸。看不見也聽不到。
載沉載浮——不斷嗆水。即使再怎麼拚命擺動雙手，也只是空虛地拍打水面。

「妳一無所有。因為妳是一具空殼，空無一物。」

內心如此低喃。

或許吧。明明正在鬼門關前徘徊，卻什麼都想不起來。

右腳被一隻冰冷的手抓住。

用力地往下拖。

死吧，死吧，死吧，死吧，死吧，死吧，死吧。活下去，活下去，活下去，活下去，活下去，活下去，活下去。

全然空空如也。

誰也不是。

沉沒、沉沒、沉沒。無止盡地墜落在漆黑一團的空間。難受、痛苦、空虛、畏懼、辛酸……寂寞。

那雙眼冷不防地張開。看見深海裡閃耀著微弱的光芒。

忘卻沉沒的恐懼與溺水的痛苦，朝那道光游去。自己只要能游向那道光，什麼樣的痛楚、苦難都能遺忘，有些不可思議。

「快點、快點、快點。要是現在不趕緊抓住，肯定永遠都無法擁有。」

沒錯。少女如此激勵自己。

用顫抖的手將它緊握手中。

那確實散發著微弱光芒之物。

自己理應不曾擁有、不被容許的光輝。

◇

「如果沉眠意味著死亡，那麼清醒便代表生存。我在，故我思。」

少女如此思忖。

「————啊————」

那是通往現世的路徑。她緩緩坐起身，伸了一個大懶腰。不過，少女依然很睏，再次躺下。

「吶————————————————」

只有在打盹兒的期間才能接受這與其說可愛，不如說是奇妙至極的叫聲。

不過，總覺得像貓一樣討喜，在她想再叫一次的時候，發現了一個重要的事實。

「……這裡是哪裡？」

她睜開雙眼，連忙起身。起身後，精神受到衝擊。不對，或許該說是一片空白吧。

一無所知。她不知道自己現在身在何處。

「……我是誰？」

也壓根兒不曉得自己是何人。

她穿著鞋子，穿著衣服，沒有戴眼鏡。

有胸部。

只知道這些事。

暫且明白自己是女性，也總算看出自己身穿白色衣裳。除此之外，一無所知，也想不起任何事情。

接著，雖然這是一件完全無關緊要的芝麻小事，無名少女想起自己剛才說出的話實在過於老套，捧腹大笑了好一陣子。

——好了。

「笑也笑夠了，現在該怎麼辦才好呢？」

無名少女歪了歪頭，不停敲自己的腦袋，試圖想起關於自己的事。

……有如墜入五里霧中的感覺，抑或是重要的事物全被奪走般的印象。

她環顧四周。

自己位於一條美麗的巷弄內，那模樣就像是特地打造的一樣。照理說，巷弄通常都很髒亂，但這裡卻毫無垃圾、一塵不染。

奇妙的是，這一點反而令她靜不下心，彷彿乾淨的巷弄在拒絕自己似的。四面八方圍繞著白牆，感覺自己既像俘虜也像是其他什麼東西。

「總之，先找個人問看看吧。」

思考再多也於事無補，待在原地也無可奈何。那麼，就只能前進了。

少女邁開步伐。

走出巷弄，來到大馬路。

「————」

她啞然無言。畢竟是看不慣的陌生街道，這也無可厚非。但竟然毫無熙來攘往的人群，這可就不是一句無可厚非能夠帶過的了。

無人的街道。交通號誌照常變動，店家照常營業，卻唯獨不見最關鍵的行人，甚至連一隻野貓都沒有。

「有人在嗎！」

少女在馬路中央大喊，卻無人回應。

「哈囉！空尼幾哇！你好！」

無聲。

無響。

無影。

時間停止了嗎？人類滅亡了嗎？

無名少女按捺著內心蔓延的不安，移動腳步。光是用走的還不夠，索性跑了起來。

「有～～沒～～有～～人！有～～人～～在～～嗎！」

即使跑得氣喘吁吁，依然不見任何人影。這座城鎮上只有自己一人存在——

頭暈目眩。儘管沒有記憶，但常識在吶喊著「不對勁」。街上怎麼可能沒有任何人。

這樣太奇怪了，擺明狀況就是很詭異。

「怎麼辦？是夢嗎？這是在作夢吧？」

少女失去平衡，跌倒在地。明明倒在馬路中央，卻連責怪她的人都沒有。

無名少女按捺著想笑出來的衝動。感覺若是在這種狀況下笑出來，便會至死方休。

少女希望這一定是在作夢。因為是在夢中，所以街上才會沒人；因為是在夢中，所以沒有記憶也是理所當然。

只要醒來，就沒什麼大不了的。應該能夠回到日常生活——雖然她完全不記得那所謂的日常生活是什麼模樣。

少女倒在地上仰望天空——看見聳立的大廈時，猛然坐起身。

「……只要從高處往下看……！」

若是從大廈的頂樓就能眺望整個城鎮。她衝進附近最高的大廈，連忙爬起樓梯。

別擔心，是自己多心了，也有碰巧沒有人的狀況。可能附近在舉辦什麼祭典，才會一個人都沒有。這棟大樓，其實也只是剛好沒有人在而已。

只要從頂樓眺望，肯定能馬上清楚地知道是有人存在的。

爬得上氣不接下氣，心臟跳得厲害。剛才跌倒撞到小腿，疼痛不已。

既然會痛，可見肯定不是在作夢。

少女氣喘吁吁地跑到頂樓。打開門後，那裡擺放著類似露天咖啡廳那類時尚漂亮的桌椅。

……沒有一個人。

「可是……！」

少女抓住欄杆，眺望擴展在眼下的風景——感到絕望。

半個人影都沒有。難以置信的是，這廣大的城鎮除了自己之外，不存在任何一個人和生物。

心情萎靡。自己搞不好永遠脫離不了這個現實（夢境）……？

「喀」一聲，響起自己以外的聲音。

——少女轉身回望。

——她或許應該將之稱為壞運才對。

然而對當時的她而言，那簡直就是奇蹟。

「…………有人在？」

赤黑的靈裝美得令人毛骨悚然。

潤澤光亮的黑髮，做工精緻的陶瓷娃娃那般白皙的肌膚與纖細的身軀。

目光被吸引的少女沒有發現她的異常之處。基本上沒有人會優雅地佇立在煙囪上。

她的美有種讓人感覺不到她那異常之處的魔力。

啊——只可惜是藍天。

少女如此思忖。與她相稱的肯定是只有朦朧月光的暗夜吧。

「……思。」

「……不好意思～～！」

出聲呼喚後，旋即一聲巨響。一陣強烈的風壓掠過耳邊。

「？」

少女目瞪口呆地歪了歪頭——眼神與之交錯。

眨了一下眼。

「對不起。」

銀鈴般的聲音。眼皮張開時，黑衣少女已從煙囪翩然落下，近在眼前。於是，無名少女這才發現她真正美麗的地方。

——眼瞳。

黑衣少女的左眼刻劃著時間。秒針滴答滴答地移動，走了一圈後，分針喀恰一聲移動，時針同時緩緩向前推進微小的一步。

精密動作的物體很美。若是閃耀著光芒就更加漂亮了。

黑衣少女莞爾一笑，說道：

「不小心發射了。」

發射？少女一時反應不過來。

發售？發洩？發射。

我遭到射擊了。

仔細一看，她的手上握著老式手槍。回頭望去，咖啡廳的桌子碎裂一地。

「我被射擊了～～？」

「我開槍了。」

少女瞬間軟腿，癱坐在地。黑衣少女嘻嘻嗤笑，低喃道：

「……沒錯，妳還活著。」

少女一臉茫然地詢問：

「……妳是天使？還是惡魔？」

「這個嘛，真要說的話，算是惡魔吧？對妳來說。」

惡魔嘻嘻微笑。她的笑容的確感受不到溫度。

「不對。我覺得妳對我來說是天使。」

惡魔聽了，瞪大雙眼。

少女接著說：

「……我沒有名字。一片空無(Empty)。妳叫什麼名字？」

「……我叫狂三。」

黑衣少女祈求般說出她的名字。

「我的名字是時崎狂三。」

◇

「這樣啊，空無妳之前倒在巷弄裡啊。」

狂三的紅色眼瞳要射穿標靶似的凝視著無名少女。

「是的！所以我想問，這裡是哪裡？我是誰？為什麼一個人都沒有！」

空無（為了方便，想不到比這個更適合的名字）滔滔不絕地對表情冷淡的狂三說道。

「可以只提出一個問題嗎？」

「啊～～唔～～那麼，我是誰呢！」

狂三嘻嘻嗤笑。空無不死心地繼續追問。

「我完全不知道妳叫什麼名字。」

「我想也是！」

「不過，我倒是知道妳是什麼喲。」

「妳不知道我是誰，卻知道我是什麼？」

空無露出目瞪口呆的神情，歪了歪頭。

狂三二話不說地告訴她：

「我，還有妳，都不是人類，而是被稱為精靈的存在。」

「……精靈……」

狂三說是精靈。

不知為何，聽到這個單字，空無自然而然就接受了。

「妳是精靈當中被稱為準精靈的一種。」

「準精靈……嗎？」

「力量不像精靈那樣強大，又比人類來得虛幻，如同海市蜃樓的存在。不過因為不是人類，所以不會生病，不會飢餓，不會發生交通事故。能在天空飛翔，也能使用相對應的驚人能力。」

「真的嗎！」

那真是厲害。難怪被稱為精靈。

「妳才剛出生，大概還辦不到吧。」

「真是失望！」

狂三嘻嘻嗤笑。空無的反應似乎令她感到莫名愉快。

「另外，這裡是精靈居住的世界，『以前曾是人類的生物』居住的天堂，也是地獄——稱為鄰界。」

「……鄰界。」

既是天堂，也是地獄，以前曾是人類的生物——精靈所居住的世界。

「當然，要在這個鄰界生存下去也並非一件易事。雖然『不會死』，但也不是那麼容易生存。而且，沒有人會幫助妳，一切只能靠自己。」

「沒、沒有監護人嗎？」

「據我所知，我從未見過任何看起來像大人的人。」

「那……那是指，那個，呃，我說，難不成……沒有記憶又無依無靠的我不就……」

不就陷入絕望了嗎？

不就活在地獄了嗎？

「好了，問題都問完了吧？那麼快走吧。我可是忙得很。」

「妳看起來很閒耶。」

「我是在等人……妳看，這不就來了嗎？」

有人來了嗎？空無如此說道，回頭望向背後，頂樓的門口根本不見人影。就在她如此心想的瞬間，一道聲音從天而降。

「是誰找我？」

從天響起的聲音。空無連忙望向上方，那裡站著一名少女。

一身的白色與蒼色。

髮型是如昆蟲觸角般尖銳的雙馬尾，短裙飄蕩的模樣有點傷眼睛。最重要的一點是，她飄浮在空中。

狂三向前一步。

「找妳的是我。」

「在天空……飛翔……」

「我想也是。那女孩是誰？妳的助手？」

「別管她。是剛誕生的空無。」

「這樣啊。」飄浮在空中的少女頷首表示理解。

「那就當作是妳找我的嘍。」

「沒錯，是我找妳出來的，戌井夢眼。」

被稱為戌井夢眼的少女露出充滿自信的笑容說道：

「我沒打算牽連新生兒。到空中來。」

「知道了。」

狂三輕輕蹬了一下水泥地。光是這樣一個動作，她的身體便輕巧地飄在空中。

「啊……」

空無不禁發出聲音。夢眼嘻嘻輕笑。

「一副小狗被棄養的表情呢。」

「明明沒有飼養，還那麼黏人，只能說是雜種狗了吧。」

說話真毒。

「我還有一大堆問題還沒問呢！」

「……我知道了。那麼，請妳在那裡等我，我馬上就回來。」

「這樣啊。請問，妳們要做什麼啊？」

聽到這個問題，狂三和夢眼兩人都笑了。笑完後以甚至稱得上開朗的表情說道：

「互相廝殺。」

兩人立刻像鳥一般飛向空中。

空無將臉緊貼在欄杆上，拚命地凝神注視——才好不容易看見像火柴棒的兩人。

時崎狂三與戌井夢眼互相對峙。

空無茫然佇立了一陣子後，被突然發出的轟然巨響嚇得縮起了身子。

飄浮的兩人開始在空中飛舞。

如果只是這樣，倒還可以接受。在空中飛舞和在無人的城鎮上遇見人，都很奇幻。然而，兩

人正在做的事情——

「真的是在……互相廝殺……」

開槍射擊。

翱翔於空中。

用劍刺向對方。

無論說得再怎麼好聽，無庸置疑都是互相廝殺。

○戌井夢眼

午後，無人的街道。兩名少女以蒼天為背景互相對峙。

一方是一身白蒼色的少女。令人聯想到觸角的銳角雙馬尾，給人純淨印象的白蒼色靈裝，非常符合陽光滿溢的世界。

而另一方則是黑紅色少女。一頭烏黑的髮絲，黑紅色摻雜在一起的靈裝。不過，最具特色的無疑是她的左眼球。是鐘錶——滴答滴答刻劃著時間的眼球。

戌井夢眼嚥了一口唾液。

大概是經歷過無數次九死一生的狀況吧，夢眼一眼便看出她的強大。

「所以，把我叫過來的妳究竟是何方神聖？似乎跟『操偶師（Doll Master）』無關的樣子。」

聽見夢眼說的話，時崎狂三輕聲笑道：

「是的、是的，完全沒關係。我只是想要而已。」

「想要什麼？我沒什麼可給妳的。」

「有喔～～妳收到邀請函了吧？」

「……哦，什麼嘛。妳竟然想要那個，真是個怪人。」

「哎呀哎呀哎呀。那麼，妳要送我嗎？」

狂三面帶微笑。

夢眼想毀掉那副笑容，於是吐了吐舌頭。

「才不要呢。想要的話，就靠實力——」

槍聲響起，肩膀受到一股被強力毆打般的衝擊，夢眼雙眼圓睜。不過一眨眼的時間，眼前的少女已拿出手槍。

「好的，那我就靠實力得手嘍。」

狂三依然保持微笑。

她似乎沒打算把話聽到最後，根本打從一開始就打算殺掉夢眼。夢眼顯現針劍(Estoc)，展示敵意。

「哎呀，那就是妳的無銘天使嗎？」

「我要上了！」

「……好的。放馬過來吧。」

黑紅少女微微一笑，露出詭譎陰森的笑容。夢眼有些被那不祥的氣息給震懾住，吆喝一聲發動攻擊。

戰爭開始了。

從空無的角度來看，也顯然是一場實力懸殊的戰鬥。

飛行速度不同，攻擊的射程距離不同。戌井夢眼的攻擊速度快如疾風迅雷，黑紅少女卻輕易便閃開。

難以置信。

這世界的準精靈都那麼強嗎？

空無連大氣都不敢喘一下，只是在一旁觀看這一場爭戰。

戌井夢眼以白蒼色為基調的靈裝如今已四處染滿鮮血。染上醜陋的朱，豔麗的紅。

她感到恐懼。互相廝殺是她所期望的，但眼前的少女卻遠遠超乎預料地難纏。

「所以說，只要把邀請函交給我不就解決了嗎？」

黑紅少女如此宣告。不過，把這個交出去就代表敗北。她就是因為痛恨失敗，不服輸，才一直戰勝至今。

「才不要！絕對不要！誰要交給妳啊！」

「那真是傷腦筋呢～我想參加那場競賽，妳也想參加。有限定名額，我可一點都沒有要跟妳相讓的意思。」

「明明是後來的，還好意思說什麼相讓！」

「所以說嘛，只能開戰嘍。我已經決定要參加競賽了，為此我必須粉碎所有障礙。」

背脊一陣惡寒。這個準精靈說不通，完全沒有商量的餘地。不是殺了她，就是被她殺，只有這兩種選擇。

「妳這個傢伙——！」

夢眼舉起手中的針劍發動攻擊。她明白，這是有勇無謀。

因為從方才起，自己的攻擊連一次都沒有擦到過黑紅少女的身體……！

不過，她想參加那場競賽，嚐到更多勝利的滋味，變得更強。怎麼能在這種地方跌跤。

自己為了生存，踐踏了許多朋友，以她們的血肉為糧。所以，這個世界的主角，一定是戌井夢眼。

事到如今，怎麼能敗退……！

——傻瓜。妳怎麼就不明白，不是只有妳一個人會這麼想。

呢喃聲。

炸裂的痛楚。開了一個洞。確立自己存在的靈魂結晶(Sefira)被奪走。與其說疼痛，更像是一種毛骨悚然的失落感。如果照鏡子，肯定會映出浮現醜陋表情的自己吧。

「我也是一樣。不對，我的意念反而比妳還執著。想要變強？只有這樣而已嗎？懷抱著那種無聊又庸俗的願望——還敢站在我的面前。」

下墜。

同時，邀請函被搶走。夢眼立刻伸出一隻手抓住少女的腳。少女一臉不耐煩地想要甩開夢眼的手，而夢眼制止了她。

「等一下。」

「還有什麼事嗎？」

「『告訴我妳的夢想』。我想知道自己的夢想輸給了什麼樣的夢想。」

狂三微微睜大雙眼，內心一陣動搖。夢眼露出毅然決然的眼神瞪視狂三，像在訴說絕不容許狂三說謊。

「我的夢想是——」

狂三將夢想告訴夢眼後，夢眼浮現滿面的笑容。

「這樣啊。那我死也值得了。」

夢眼鬆開手。狂三的身體動了一下，但她沒有資格伸手拉住夢眼。

失去靈魂結晶的夢眼向下墜落。

她心想——在空中逐漸分解的感覺，比想像中來得愉快。

◇

一人墜落，一人留下。留下的是黑紅少女，時崎狂三。她如先前所約定的，回到原地。

「那個，剛才的戌井……」

「死了。」

狂三無情地告知。死了啊？被眼前的精靈殺死了啊？實在太缺乏現實感了。大概是因為兩人

飛在半空中戰鬥，感覺根本是在奇幻世界中交談。

「哎呀，妳害怕嗎？」

空無猶豫了半晌後，對面帶笑容的狂三點頭。若要說害不害怕，那她應該是非常害怕才對。不過，她卻莫名地感到平靜。眼前的少女並不可怕。不，是不能怕她——有一道聲音對自己如此低喃。

「不過，剛才妳丟下我，害我非常苦惱！所以不好意思，妳現在必須暫時陪我一下！」

這次換狂三感到吃驚，不知所措。她不停地眨眼，凝視著空無，宛如一心以為空無理當會逃跑一樣。

打破沉默的是狂三。

「這樣啊……我知道了，好吧。反正也不吃虧。」

空無鬆了一口氣，深深低下頭。

「麻煩妳了！」

——結果，我究竟是誰？

今後又該如何是好？

空無提出各式各樣的問題，狂三則是嘻嘻笑道：

「我當然完全不知道妳是誰，也不知道妳今後該如何是好。」

「這我明白啦！」

因為她看起來太過無所不能，空無多少對她抱有一絲期待，結果一下子就破滅了。

「那個，不好意思，這個城鎮沒有其他準精靈嗎？」

「當然沒有呀，因為這個城鎮是舞臺（Stage）。」

「是喔，舞臺。是用來唱歌的嗎？」

「是呀，除了我以外的其他人會唱吧～～比方說……會合奏出絕望的尖叫和痛苦的慘叫。」

「……？」

少女無法理解話中含意，但她明白狂三是說了什麼可怕悲慘的話。

狂三似乎也明白這一點，臉頰微微泛起紅暈。

「忘了吧。」

「那個……絕望的尖叫究竟是（喀嚓）當我沒說，我會忘記！」

對方握著槍，只好順從到底了。別擔心，我不會跟任何人說的！反正也沒人嘛！

「妳看妳看，已經能看見目的地了～～不過是我的目的地就是了。」

狂三緊握住少女的手腕。她的手勁強大，握得少女都感到疼痛，但少女拚命忍耐。

因為她強烈感覺到要是自己拒絕而抽離狂三的手，狂三就會扔下她不管。

況且，只要忍受手勁強這一點……被人握著手這件事並不壞。

聽見已經能看見目的地這句話，少女望向空中。城鎮的中央，林立的現代化大樓中，有一棟特別奇特的建築物。像是尖塔、金字塔般，有些幾何學的味道，怪異至極。

狂三指向那棟建築物，說道：

「我的目的地是那棟校舍。」

「……校舍？」

「沒錯，校舍。因為那是學校呀。」

「學校！真的假的！」

「再真不過了。」

「哇……」空無吐出莫名其妙的感嘆聲。

「也就是說，我們要上學吧。學校生活很棒呢。嗯，只要專心念書，什麼都不用想，感覺很棒耶！」

「妳現在能這麼想，我倒是樂得輕鬆。」

狂三歪起臉頰，露出一抹邪笑。但少女並沒有餘力去在意這不祥的笑容。

況且，就算是不祥的笑容，她也完全無所謂。因為沒有什麼比那時感受到的孤獨還要更令人難受。

校舍中的空氣很冰涼。

「有開空調呢。」

「外面又沒有多熱，支配者(Dominion)還真是任性耶……」

「支配者？」

聽見陌生的單字，少女歪了歪頭，但狂三似乎沒有打算告訴她這個單字的意義。

不過，從狂三低喃這個單字時所露出的嚴肅表情來推斷，這個單字對狂三而言應該不是什麼好的意思。

「慎重起見，我再問妳一次。妳真的要跟我一起來吧？」

「我要去、我要去，我要跟妳去！」

少女中邪似的立刻回答，令狂三露出有些無言的表情。

「——那妳就做好心理準備吧。這裡的確沒有妳所害怕的停滯，可是呀，那也絕不是一件好事喲。」

「……」

瞬間，少女陷入沉默。

「我一時興起把妳帶來這裡，但對空空如也的妳來說，負擔太重了吧。」

「我根本連這棟建築物裡有什麼都不知道。」

人會害怕未知——但是……

卻無法畏懼一無所知、完全沒有接觸過的東西。之所以會害怕黑夜，是因為產生潛藏在黑暗的東西「是否會帶給自己痛苦」的這種疑慮才會害怕。

純真無知的嬰孩不會懼怕看不見、不了解的東西。

就這一點來說，少女就等於嬰孩。

就算跟她說應該要害怕，她也不明白到底要害怕什麼。

狂三思考了一會兒，決定用淺顯易懂的表達方式來說明。

「……妳討厭疼痛嗎？」

「嗯，當然不喜歡啊。」

「那麼，也討厭害怕嗎？」

「那是當然。」

「喜歡戰鬥嗎？」

「咦？」

狂三不等少女回答，便在她的耳邊輕聲低喃：

「空無啊，空無，我等一下要去殺準精靈，要去殺一群外形像可愛女孩的準精靈喲。」

就像剛才殺死的那個戊井夢眼一樣。

她接下來似乎還要去殺。

……但總不能不跟去吧。

畢竟自己現在只明白兩件事，那就是「自己沒有記憶」以及「這座城市是仿造出來的，幾乎沒有人類存在」。

跟著去可能會通往死亡，但回去肯定是死路一條。

回到那條巷弄，想必會腦袋空空，什麼都不去思考而腐朽吧。那是「不可為的事情」。

無所事事而死，就算上天允許，自己也無法容許。

絕對、絕對不能接受。

◇

空無不經意地望向窗外，嚇了一跳。發出朦朧光芒的藍天，仔細一看，竟然沒有太陽，只是整體都很明亮而已。

「這個世界，沒有太陽呢。」

「咦？……是啊。因為太陽太大了吧。」

「啊～～果然是異世界呢。」

狂三探頭看空無低喃的臉龐。空無歪歪頭，狂三唉聲嘆了一口氣。

「沒錯。正如妳觀察的，對現在的妳來說，這裡恐怕是異世界吧。」

「啊，果然如此。」

「我之後再向妳說明。如果說明得了的話。」

「哇！」

令人吃驚的是——

「這麼多啊……！」

那裡竟然有學生。

內部裝潢是日本隨處可見，再普通不過，而且有點老舊的學校教室。並排的木製桌椅，有些骯髒褪色的黑板上寫著龍飛鳳舞的文字。而令空無最驚訝的是，一群坐在教室椅子上，看似年齡相仿的「少女」。

她們活生生的。

會呼吸，在活動。無庸置疑是生物，是人類，是同輩的少女。服裝全都不統一，有人穿著類似學校的制服，也有人明顯穿著便服。

那群少女同時望向時崎狂三和空無。那些視線證明了除了時崎狂三之外，還有其他活著的人，令空無鬆了一口氣。

「太好了～～果然有活著的人。」

只要仔細體會，或許就能察覺那些視線全充滿了敵意、惡意，或是殺意，但興奮的空無完全沒有意識到。

講臺上坐著兩具比嬰兒大一點的人偶。一具是穿著紅色和服的人偶，一頭栗色長髮，模樣看起來有些溫柔。如字面所述，與其說「可愛」，用「美麗」形容似乎更為貼切。

另一具則是金色短髮的少年人偶。短褲和雙肩書包是主人的品味吧。這一具不是「可愛」，也不是「美麗」，用「威風凜凜」來形容最為貼切。空無不由得如此心想。

不過，問題不在於他們的外表。

最大的問題是，和服人偶揮了揮雙手，隨後輕輕地「自己跳下」講臺，走了過來。

「人偶本來會動……嗎……？」

「通常是不會動的。」

沒有線，看起來也不像是用馬達來發動，而是極其自然地像人類一樣走了過來。

和服人偶開口：

「——可以請問妳尊姓大名嗎？」

美麗的和服人偶發出銀鈴般的美麗嗓音說道。空無一再驚愕，已經拒絕思考關於人偶的事。人偶會說話，這是常識。

「我是新的參賽者，時崎狂三。」

人偶突然停止動作，玻璃眼瞳窺視著狂三。

「沒有邀請函，無法參加這場競賽。」

「哎呀哎呀哎呀，真是湊巧啊。我剛好撿到一張邀請函呢。」

聽見這句話，除了兩具人偶，其他人全都以剃刀般的視線劈向狂三。

雖然空無聽不出話中含意，但狂三的意思是：

「我不費吹灰之力便打敗了足以收到邀請函的強者」。

人偶沉默了一會兒，然後才點了點頭。空無總覺得那個動作看起來十分不情願的樣子……雖然她是人偶。

「……明白了。那位是？」

狂三笑著回答：

「她是我的同伴，似乎剛來到這個世界，機會難得，我打算拿她當作誘餌。」

「沒錯，我是狂三的同伴兼誘餌……誘餌？誘餌嗎！」

空無連忙大喊。

「是啊，不想當誘餌的話，虜餌也行。」

「不是一樣的意思嗎！」

「幹嘛現在才反應那麼大？說可以不休假又無薪，懇求我把妳當作奴隸、傭人使喚的，不是妳自己嗎？」

「我沒有懇求妳，也不記得曾經說要當妳的奴隸和傭人！」

「好了、好了。有什麼關係嘛，這點小事。」

「踐踏別人的人權，還敢這麼說！」

對空無投出的懷疑視線逐漸消失。因為像她這樣的存在，是常見的「現象」。

這世界偶爾會出現失去一切的彷徨羔羊。

或是，該這麼說吧，「只保住性命」的彷徨少女。

「她的靈魂結晶，力量確實如碎石子般渺小。我明白了，就認同她誘餌的身分吧。」

紅色和服人偶如此回答。

「感謝您。」

狂三彬彬有禮地道謝。看來自己似乎也能待在這裡了。空無這才有餘力環顧四周。

剛才只意識到是一群年紀相仿的少女，但仔細一看，她們手裡明顯拿著異常的物品。

那可稱得上是——武器。

與少女的身軀完全不相襯的巨劍、長矛、強弓——這些還尚能理解，但巨大的木十字架就令人摸不著頭緒了。

「啪！」突然響起一道破裂的巨響。循聲望去，是站在講臺上威風凜凜的人偶拍了拍手。

啪、啪、啪！

「各位，這次的參賽人數已滿額。在此截止報名。」

紅色和服人偶回到講臺上，輕柔地告知：

「抱歉，現在才自我介紹。我叫朱小町，擔任本次競賽的裁判。」

接著，短髮人偶發出凜然的聲音說：

「我叫呂科斯，同樣擔任裁判。我們兩個說的話，就等於是『操偶師』說的話。」

聽見「操偶師」這個詞，眾人紛紛表現出複雜的反應。恐懼、不安、膽怯、鬥志、憎惡，其他各式各樣的情緒在教室內流竄。

「那麼，現在依序點名。點到名字的人請舉手，開始自己介紹。另外，我們會指出謊報的武器和靈裝。」

呂科斯將視線移向朱小町。朱小町單手拿著名單，在教室內慢慢走動，開始點名。

「座號一號，雪莉・姆吉卡，請站起來。」

「有！是我、是我！」

褐色少女精神奕奕地舉起手。令人聯想到巴西系的風貌與爽朗的聲音，笑容天真無邪，從口中微微露出的虎牙也強調出她的可愛。

服裝非常簡樸，粉紅色的T恤搭配黑色緊身褲。與其說年紀相仿，看起來年幼許多。

她手上拿著的是嵌上巨大鏡片的——

「那是放大鏡……嗚呀！」

「安靜。」

空無輕聲低喃。狂三隨意掐了一下她的大腿。總之，雪莉站起來向所有人點了點頭，比出V字手勢。

「我是第五靈屬，雪莉・姆吉卡！武器是無銘天使〈炎魔虛眼（Sekhmet）〉；靈裝是〈火焰靈裝・二八番（Yaqut）〉！

然後，呃……要算殺掉的人數嗎？」

她語氣爽朗地說出駭人至極的話語。

「那個……她是在開玩笑……」

「……並不是呢。」

「興趣是存錢！我要努力存錢，撫養兄弟姊妹！」

空無頷首，心想她搞不好是個好孩子呢。

此時，呂科斯發出尖銳的聲音指摘：

「她沒有兄弟姊妹。」

空無這才明白她原來是壞孩子啊。

「啊哈哈哈哈。被拆穿了啊～～」

雪莉毫不在意自己說謊以及謊言被拆穿，一屁股坐回椅子上。

「座號六號。」

「有、有！」

少女站起來，向人偶低頭鞠躬，接著也向周圍點頭哈腰。說老派雖然很沒禮貌，但她一身散發出土氣的白色水手服和深藍色長裙，簡直是傳統到不行。

髮型也與那身制服相稱，是古樸的三股辮。微微下垂的眼角使她看起來十分溫和——但是，卻有一點極為致命的突兀感。就是她的裙子腰際懸掛著釋放出銳利光芒的環狀刀刃。

「……請問，那個是什麼？」

「那是戰輪（Chakram），古印度的投擲武器。」

「我是第八靈屬，砺波篩繪。武器是無銘天使〈風聲戰輪(Sylpheed)〉；靈裝是〈風威靈裝・四三番(Sky walk)〉。興趣是裁縫和烹飪。」

空無不由自主地拍手。篩繪微微一笑，揮了揮手。

空無心想，這次她肯定是個好人了吧。

「順帶一提，她擁有戰輪，可以砍掉妳的頭喲。」

「呃，可是，即使如此，我還是想相信她是個好人……！」

如果世上不全是可愛、善良又乖巧的人，她大概活不了多久。

這樣的預感深深籠罩著空無。

「座號十一號。蒼(Ao)……嗎？」

「……蒼(Tsuan)。第十靈屬，蒼。」

少女低聲回答朱小町提出的問題。她光彩奪目的髮絲隨風搖曳，眼神似乎下定決心面對任何事物都要冷淡以對。銳利的美貌有一種虜獲男女目光的魅力。

「請妳站起來自我介紹。」

呂科斯說完，蒼便一語不發地站起來。

她的手上拿著長柄武器斧槍，是結合銳利的長矛與戰鎚的複合武器，要毆打還是刺擊都能自

由運用。

空無驚嘆地望向蒼——與她四目相交。心臟跳得特別強烈恐怕不是因為難為情或害羞，而是因為蒼太過可怕吧。

「武器，無銘天使〈天星狼（Lailaps）〉。靈裝……〈極死靈裝・一五番（Brinicle）〉。」

蒼說完後，教室內騷動不已。儘管眾人的視線集中在她身上，她卻好像心不在焉的樣子，怔怔地望著窗外的景色。

「……為什麼突然吵鬧了起來？」

「〈天星狼〉是這個世界響噹噹的名號，聽說戰勝了一百人，還有一擊便擊潰對方。」

的確，若是自由自在揮舞那巨大的武器，勢必能輕而易舉地擊潰一個人吧。

「不過，怎麼可能輕輕鬆鬆舉起那種武器啊，又不是大猩猩。」

教室的氣氛瞬間降到冰點。蒼瞪向空無——那道視線令空無感覺「啊，死定了」，腦袋像是被痛擊成兩半。

看來，空無的感想徹底惹怒了少女。

狂三露出燦爛的笑容說：

「哎呀哎呀，妳那麼快就盡到誘餌的職責了呀。工作認真，我真的非常開心呢。」

「我、我完全沒動那種心思好嗎！只是自然而然脫口而出！」

「……沒有什麼興趣。介紹完畢……另外，我不是大猩猩。」

「……不是……大猩猩。」

說了兩次。大概很重要吧。

蒼目不轉睛地瞪著空無並坐下。空無乾脆地撇過頭，徹底逃離她的視線。

「呃……接著是，座號十三號。」

「有～」

一名抱著粗糙的木頭十字架和娃娃的少女輕巧地站了起來。她看起來比其他少女年幼，活像個全身粉紅色蘿莉塔裝的翻糖娃娃。只有她從剛才起就對所有人投以天真無邪的笑容。

「第四靈屬，指宿帕妮耶！武器是無銘天使〈青銅怪人(Talos)〉；靈裝是〈舊糸靈裝・五二番(Victoria)〉！大姊姊們，請多指教嘍！」

面對集世界祝福於一身般的微笑，勉強只有空無和砺波篩繪兩人回應。其他人都掃興地擺出一副覺得愚蠢至極的表情。

從她在這間教室裡頭這點來看，她也跟其他人一樣慘無人道。

只有空無不了解這一點，不過——

「……？」

「怎麼了？」

「沒有，沒事。」

也只有空無對指宿帕妮耶感覺到那慘無人道以外的奇特突兀感。但那種不對勁的感覺真的非常細微。空白的空無，腦袋光是要掌握現狀就已精疲力盡，實在沒心力一直去在意那種微妙的感受，便立刻將突兀感拋諸腦後。

「興趣是吃零食點心。只要一整天都吃點心，帕妮耶就會覺得很幸福。不過，帕妮耶吃點心需要花費很多靈力，所以只好殺人了。嘿嘿。」

「這動機還真殘忍……」

「其他人也都差不多吧。」

「大家一起加油吧～～！嘿、嘿、喔～～！」

指宿帕妮耶最後舉起右手如此說道，但沒有一個人贊同她。

「座號十五號。」

「有！我是土方征美！」

迅速站起來的短髮少女明確地面向前方低頭鞠躬。她穿著短褲，上半身則是藍色運動外套，十足的體育組風格。

茶褐色的眼瞳散發著好勝的氣息，包含手上拿著的日本刀（要稱為日本刀，稍嫌巨大），儼然就像個活潑的武士。

看見她那副十足體育組風格的模樣，時崎狂三露出一臉厭惡的表情。

「怎麼了？」

「沒有。我不是很喜歡那種類型的人。」

「噢……我懂、我懂。」

「當然，我沒有其他意思。雖然沒有，不過……」

「我聽到了！沒關係，反正妳也是我討厭的類型！」

狂三皺起眉頭，空無則是嚇得跳了起來。手持日本刀的征美見狀，哈哈大笑。坐在她背後的眼鏡少女出聲發言：

「……快點開始自我介紹。」

「喔，對喔對喔！我是第一靈屬，土方征美！武器是無銘天使〈墮天一箇神〉；靈裝是〈特攻靈裝．七八番〉！興趣是戰鬥！專長大概也是戰鬥！大家廝殺個過癮吧！不過，最好是我單方面砍殺妳們啦！那就請多指教啦！」

何止是體育組風格，根本是砍人組了吧。

的確，仔細一看，她的眼瞳散發出危險的目光。該怎麼說呢？算是樂於砍人的那種類型吧。

接下來，換之前提醒征美的少女被點到名。

「座號十六號。」

「有。」

一名戴眼鏡的黑長髮少女站了起來。她是制服組的。穿著深藍色西裝外套、白色襯衫、半長不短的格子裙。眼鏡是所謂的倒半框眼鏡，非常適合她有些上吊的眼型。

若說剛才的征美是體育組，她就是穩妥的文組，而且是兼具超攻擊性風紀股長屬性的感覺……空無如此判斷。

單手拿著西洋弓的少女與征美眼神交會——露出狂妄的笑容。

無空自然而然地猜測兩人應該是敵手關係吧。

「……第二靈屬，武下彩眼。武器……無銘天使〈原初長弓〉(Crotus)；靈裝是〈恆星靈裝・七九番〉(Alnasl)。興趣是看書。」

結束冷淡的自我介紹後，彩眼與征美果然又對看了。眼神中只透露出鬥志，沒有任何感情。

「她們是敵手嗎？」

「敵手啊，真不錯呢。好青春啊！」

「……如果能以青春的方式作結就好了。」

不可能以青春的方式作結。這一點，狂三再清楚不過了。

「座號十九號。」

「喔。」

一名在個性形形色色的陣容中特別顯眼的少女站了起來。首先是服裝，她穿著沒繫領巾的水手服，以及長裙。單手握著顏色濃豔的長矛，從剛才就一直滴著紫色的液體，非常骯髒。頭髮是金色的，但明顯是後天染色，髮旋的部分是黑髮，像布丁一樣。她的表情感覺就快要發飆了。換句話說，只要有什麼引爆點，她立刻就會爆發。

跟其他學生比起來——

「第九靈屬，乃木。武器是無銘天使〈喜悅毒牙(Basilisk)〉；靈裝是〈輝威靈裝・六三番(Angel Dust)〉。」

「不好意思～～」

空無覺得剛才的自我介紹不太自然，於是舉手發問。

「誘餌小姐，有什麼問題嗎？」

「我知道妳的姓氏了，那妳的名字是？」

「……」

乃木鬧彆扭似的撇開頭。呂科斯代替她開口：

「她的名字叫愛愛。」

「愛愛。」

呂科斯點頭稱是，再次複誦一次名字：

「乃木愛愛。」

「……這名字真有趣呢！」

教室的氣氛比剛才還凍結，連狂三都露出一副「這個○○○○在說什麼蠢話啊？」的表情。

「抱歉啊，我的名字那麼有趣……」

愛愛輕聲低喃。

「……那個，對不起。」

「等一下給我過來校舍後面。」

「噫噫噫噫噫噫！」

空無緊抓住狂三。狂三一臉嫌麻煩地把她從手臂上剝開。

「座號二十三號。」

接著站起來的是一名打扮特別怪異的少女。頭髮帶點茶色的感覺，身材纖瘦，重點是臉上纏滿了繃帶。

連站起來時的動作也有些生硬，畢竟臉上纏滿了繃帶，這也是理所當然吧。服裝是患者穿的睡衣，超級格格不入。雖然藍色衣服給人一種整潔的感覺，但跟教室實在太不搭嘎。

「……第六靈屬，佛露思・普羅奇士。無銘天使〈隱形指(Gyges)〉；靈裝……〈虛空靈裝・九一番(Mastermind)〉。」

她淡淡地站起來，淡淡地低下頭，再淡淡地坐下。

「是生病了嗎……？」

狂三對空無的竊竊私語也完全沒有反應，目不轉睛地瞪著她。

像是非常憎惡她。

像是非常痛恨她。

……令空無覺得有些難以理解。

「座號二十七號。」

呂科斯叫喚後，一名將黑髮簡單紮在後面的少女一聲不響地站起來。衣服是改造過的藍色水手服，裙子也很短，感覺裸露的程度過高。而且從水手服的隙縫若隱若現，類似黑色蕾絲的東西，不就是鎖子甲嗎？

一臉強勢的表情；警戒機敏的銳利眼神；從大腿若隱若現，看起來很凶殘的苦無（註：忍者使用的雙刃武器）……簡直就是女忍者。

感覺很強。感覺非常、十分、超級強，不知為何有種落入敵方手中，被綑綁起來時會說出「可惡，殺了我吧……」的危險氣息。

「第七靈屬，佐賀繰唯。武器是無銘天使〈七寶行者〉。靈裝……〈隱形靈裝・三四番〉……請多指教。」

她冷淡地如此低喃後便立刻坐下。

「……感覺被抓住會說出『可惡，殺了我吧』的樣子呢。」

「……！」

狂三如此嘀咕的瞬間，空無當機立斷地用力掐了自己的側腹部，才沒有禍從口出。

「……」

然而還是被瞪了，平白遭受池魚之殃。話說，說出口的人又不是自己，而是狂三——當然狂三也一樣被瞪了，不過她似乎一點也不在意。

「座號二十九號。」

「她缺席。」

狂三說完，空無疑惑地歪了頭……然後僵住身體。

是她啊。跟狂三展開激戰，吃了敗仗，如泡沫般消失的那個人啊。

朱小町和呂科斯環顧整個教室，確認她不在現場後點了點頭。

「座號——無。為了省事，就當作是二十九號吧。」

「是在叫我吧。」

坐在旁邊的狂三站了起來。

然後發出嬌媚的聲音，扔出名為自我介紹的炸彈。

「第三靈屬，時崎狂三。天使〈刻刻帝(Zafkiel)〉。靈裝——〈神威靈裝・三番(Elohim)〉。」

這次教室裡的人並沒有騷動。

而是空氣整個凝結——不對，是「時間停止了」。

「……天使？不是『無銘』天使嗎？」

砺波篩繪戰戰兢兢地舉起手，向朱小町發問。朱小町旋轉著腦袋，否定：

「不，時崎狂三用的是天使，穿的靈裝是神威靈裝。也就是說——她是真真正正的精靈。」

陰鬱的沉默，甚至能聽到有人在嘆息。

氣氛糟糕到了極點。雖然空無無從知曉，但這名一時興起帶她同行，名為時崎狂三的少女，似乎是在這群個性獨特的群眾當中等級最高——令人敬畏的少女。

空無環顧四周，企圖得到反應。

每個人心情起伏不定，與旁邊的人面面相覷。只有名叫蒼的少女看起來心情沒怎麼受到影響，目不轉睛地盯著狂三——與自己視線相交。

空無立刻陷入宛如在森林中突然遇到熊一般的心境，不由自主地移開視線。

而時崎狂三則是面帶微笑，每當與人四目相交時便朝人揮手。

「……鬼扯。」

乃木愛愛鄙棄般低喃後，有幾個人同意她。其他人則是連與狂三眼神交會都不敢的樣子。

呂科斯再次拍了一下手，引起全體的注意。

「結束，這下子十人都到齊了。」

「請、請問一下，我不用介紹嗎？」

空無畏畏縮縮地舉起手。

「不用。」

呂科斯回答，聲音傳達出強烈不耐煩的語氣。

「我、我覺得不應該排擠人吧！」

「好啦、好啦。呃，妳叫什麼名字？」

「空無！啊，這是因為有人這麼叫我，為了省事就叫這個名字了。」

「靈裝……好像沒有呢。」

「我不太清楚靈裝這種東西，我想大概沒有吧！」

空無理直氣壯地挺起胸膛。

「這傢伙真的是新生兒耶……」

乃木愛愛傻眼地呢喃道。

「新生兒？我想我應該是十七歲……左右吧。」

空無歪頭回答後，乃木愛愛便「啊……」地嘀咕了一聲，抱頭苦思。

「我說啊，空無小姐。我們並不是人類。」

砺波戰戰兢兢地說道。

「是，這我知道啊……」

空無疑惑地偏了一下頭。砺波嘆了一口氣。

「可以麻煩時崎狂三同學從頭向她說明嗎？」

「咦，我才不要呢。麻煩死了。」

「如果可以，請妳說明一下啦！」

空無搖晃狂三的肩膀，但狂三撇開頭不予理會。

「——我們啊，不是人類。」

乃木愛愛低喃道。空無瞬間停下動作。

「沒錯，我們是準精靈。雖然以前曾是人類，但現在則是生活在這個鄰界的生命體。如今我們必須靠靈魂結晶才能生存下去，而不是靠心臟，更加需要……夢想。」

砺波接著乃木愛愛的話，繼續說道。

「……夢想……？」

她溫柔地微笑，點點頭。

「應該也可以說是目的意識吧。我們的肉體看似存在，其實不然。所以如果停止思考，只不過是一介亡靈罷了。」

「亡靈嗎……？」

「『想這麼做、想那麼做、想變成這樣』——要是沒有這類夢想，準精靈便無法生存。雖然不會飢餓，但如果不渴望品嚐美食就活不下去。若是想穿上漂亮衣服、想歌唱，就必須持續懷抱著這樣的夢想。而且——」

征美臉上浮現妄狂的笑容，站了起來。

「也有準精靈是必須不斷戰鬥才能生存下去！就像我們一樣！」

「是啊。戰鬥、戰鬥、互相廝殺，如果不互相削減生命，活著的實際感受就會立刻變得越來越稀薄。」

武下彩眼說完，佐賀繰唯接著說：

「——稀薄到最後，下場就是消滅。因為我們是靠啃食自己的夢想來生存的生命體。」

「呃，那、那麼……大家該不會……」

空無望向呂科斯——人偶點頭，發出凜然的聲音宣言：

「現場的十人，是為了互相廝殺才齊聚一堂的。」

空無啞然無言。

「這是戰爭(DATE)。」

呂科斯如此告知。

「這是廝殺(DATE)。」

朱小町如是說。

「為了決定最後的勝者——」

呂科斯這麼說了。

「請各位盡情廝殺吧。」

朱小町如此告知。

呂科斯畢恭畢敬地從包包裡拿出類似寶石的物品。應該有棒球那麼大，但若要稱之為寶石，形狀又過於奇特。該怎麼說呢？就像是用黏著劑將碎片黏起來一樣，感覺歪七扭八的。

「這個第十領域(Malchut)的支配者『操偶師』大人，會將這個靈魂結晶送給最後戰勝的人。」

「好棒喔……」

有人發出讚嘆聲。

「請問，靈魂結晶是什麼？」

空無詢問狂三。狂三思忖了一會兒後，用手指戳了空無的胸部。手指陷進胸部裡。

「討、討厭啦。」

空無不知所措地說道。狂三無視她說的話，解釋道：

「靈魂結晶相當於精靈的心臟。不對，就是心臟。我們是從那小小的結晶產生出靈力的。」

「沒有這個的話——」

「就會死掉。」

「……咦？那麼，那個大尺寸的靈魂結晶該不會……」

老實說，空無只有不祥的預感。當她這麼想，朱小町卻意外爽快地回答：

「這個靈魂結晶是一百個準精靈的分量。也就是說，獲得這個靈魂結晶的人將得到一百人份的力量。」

「一百人……」

所有人都屏息靜氣，窺探周圍的狀況，整個教室驟然充滿鬥志，若是輕舉妄動，很可能當場就開始廝殺。

「——如果想得到這份力量，就證明自己是強者吧。這就是那位大人要告訴妳們的話。」

「竟然為了一時的玩笑慷慨送出這種東西……真令人難以置信。」

朱小町旋轉腦袋，否定彩眼的呢喃。

「那位大人可沒在開玩笑，是認真的。獲得這個靈魂結晶，那位大人才能夠與勝者站在對等的立場交戰。否則，那位大人無法生存下去。」

「原來如此，跟我們的立場一樣啊。」

——必須戰鬥才能生存；必須互相廝殺才能活下去。實力不能相差懸殊，因為會無法感受到活著的充實感。

「各位都沒有異議吧。如果拒絕，只要默默離開教室就好。」

呂科斯擺出嚴肅的態度。

沒有一個人打算離開教室，就連看似懦弱的砺波和感覺不適合戰鬥的指宿帕妮耶也一樣。

「欸、欸，兩位人偶，要怎樣開始啊？數一二三，然後一齊開戰嗎？」

帕妮耶詢問道。

「反對！我反對！我想那大概會牽連到我，下場會很淒慘！」

懷抱著不祥預感的空無立刻舉手表達意見。

朱小町不予理會，回答：

「如果是那樣，就會變成是運氣多寡的問題，而不是純粹以實力一較高下，因此排除那種方式。接下來，每五分鐘請一個人離開這間教室。至於誰離開，會以抽籤來決定。」

「是喔？那麼最好盡量第一個出去。因為只要先出去埋伏，再一個一個解決就好。」

帕妮耶說完，除了征美，其他人的視線都集中在狂三身上。只有征美注視著彩眼。狂三爽朗地笑著說：

「既然這樣，我想盡可能提前出去啊。因為我越是晚出去，似乎越會被盯上呢。」

「沒錯！就是這樣！希望把我們排在前面！」

空無拚命表達意見，但人偶視而不見。

「不可以耍手段喔。」

「對我來說是很嚴重的問題！」

朱小町拿出能將手伸進去的紙箱。

「不好意思，用這麼陽春的抽籤箱，請用這個抽籤。」

準精靈們各自抽籤，空無一邊祈禱一邊注視著狂三抽籤——

結果。

「最後！竟然抽到最後！狂三，妳籤運到底是有多差啊！」

「妳很吵耶，空無。不過，我什麼時候出去都無所謂啦。」

「妳有考慮過我的命嗎？」

「怎麼可能。」

「好過分～～」

佐賀繰唯瞥了兩人一眼後，站了起來。

「那麼，我是第一個。」

所有人偷偷看了她一眼。佐賀繰瞄了一下空無——空無嚇一跳，緊抓住狂三。

「靈魂結晶，我收下了。」

佐賀繰唯打開教室的門，隨後消失了身影。

狂三看著這一幕，對空無輕聲低喃：

「妳有意願幫我嗎？」

「幫妳的話就能活下來嗎？」

「我至少會積極地妥善處理。」

雖然這個回答令空無感到有些不安，但她也只能依靠狂三了。

「我、我該怎麼幫妳？」

「很簡單。只要在大家離開教室之前，幫我去打聽消息就好。問問她們期望些什麼，要用什麼方式來戰鬥。幸好大家都知道妳沒有力量……搞不好會對妳打開心房。」

「……我試試看。」

空無站起來，四處張望學生。依照順序的話，首先應該找那個名叫蒼的少女問話，不過——

「請、請問……」

「……」

蒼聽見聲音後，望向空無。

「————啊。」

人有時候會被別人凝視的目光殺死。空無深切地體會到這一點。她堅信光是觸碰蒼的手，自己便會被粉碎得不成人形。

與其說蒼並不憎恨空無，應該說她徹頭徹尾對空無沒興趣。不過，只要她湧起一絲好奇心，這次自己就死定了吧——空無如此心想。

「……沒事……」

空無連忙退下，之後蒼便不怎麼理會她了。

傳來嘻嘻竊笑的聲音。回過頭，發現是砺波篩繪在對她招手。空無滿心感激地坐到她隔壁。

「妳、妳好。」

「才誕生不久就被這種事態牽連，真是難為妳了。」
「是、是啊，真是超級糟糕的。請問……妳怎麼會知道我才剛誕生不久？」
「我們準精靈每天都生活在自己的靈力圈。」
「靈力……圈嗎？」
「嗯～比如說，這裡有個豆沙包對吧。」
「對。」
砺波將白色豆沙包放在書桌上，然後先空手握拳，再打開，結果掌心多了一個白色豆沙包。
「好，這下變成兩個了。」
「咦，是魔術嗎？」
「不是，是用靈力生出豆沙包。靈力圈是我們製造出來的結界，在靈力圈內無所不能。產生出期望的東西，創造出想要的狀況——」
砺波說完，空無連忙用力握拳。
「……嗯～生出蜂蜜蛋糕、生出蜂蜜蛋糕、生出蜂蜜蛋糕！生出香甜鬆軟，口感綿密的蜂蜜蛋糕！」
張開手。
空空如也。

「沒有變出來。」

「是啊，當然需要幾個條件才能完成剛才那樣的魔術。能像這樣重現，只限於手邊有相同的東西，或是出現在周圍的背景『也不奇怪的東西』。比如說，在這間教室就能變出教科書和粉筆，但是變不出刀子，因為那是通常不會出現在教室裡的物品。」

「這樣啊……」

「另外，依照靈力的強弱比例，產生出來的物品也有所不同。以妳的等級，應該還產生不出任何東西吧。硬要說的話，算是教室的……棉絮吧？」

「我是棉絮等級嗎！」

砥波嘻嘻嗤笑，點頭稱是。

「所以大家才會知道妳是新生兒。最起碼也得在自己身上展開靈力圈，要不然我輕輕一打，妳就死了。」

「要、要怎麼做才能產生靈力圈呢！」

「如果我告訴妳，妳就必須加入廝殺的行列喔。因為能夠產生靈力圈，就代表妳已經獨當一面，搞不好馬上就能得到無銘天使和靈裝。」

砥波說完，空無發出呻吟。

「唔，唔唔，可是……」

「無法使用靈力圈的確很危險，但保持現狀可能反而比較安全喲，空無小姐。」

「到妳了，砺波篩繪。」

朱小町對砺波說。砺波露出不好意思的笑容站起來。

「那我就先走一步了。再見了，空無小姐。」

「啊，好的。請保重～～」

空無揮著手，砺波也難為情地對她揮手。

宛如下課後打算回家的學生——完全想像不到接下來要與人交戰。

空無唉聲感嘆完，決定挑戰下一名準精靈。

「我沒話跟妳說。」

武下彩眼二話不說就拒絕空無的呼喚。

「別、別這麼說嘛。」

「反正是狂三要妳過來打探消息的吧？」

「才沒那回事呢。」

彩眼冷眼瞪向狂三。狂三若無其事地望著窗外，但她應該有感受到彩眼的視線吧。

「我還是不認為她是精靈。」

「精靈……跟準精靈不一樣嗎？」

「差很多好嗎！」

突然插嘴的是土方征美。彩眼一臉不耐地瞪向征美，征美卻厚臉皮地硬是插進話題。

「沒、沒錯。」

「那麼，也有不是準精靈的精靈嘍！」

「是啊……」

「其中一人就是時崎狂三嗎！」

「……起始的其中一人。她們是最初存在於這世界的生命體，我們只不過是偶然迷失在這個世界而已。」

彩眼說完，空無歪頭表示不解。

「迷失嗎……？」

「是的。這裡是鄰界，『鄰近的世界』。那麼，所謂鄰近便是──」

「我們曾經生活過的世界。這個記憶和常識，大概也是在那邊生活時獲得的。妳應該也是那樣吧！」

「……是喔……」

空無將手擱在胸前，思考自己的事。

即使什麼也想不起來，至少也想知道自己的名字。

空無看著彩眼和征美走出教室的身影，如此期望。

「帕妮耶覺得呀，大家會不會是死掉了？」

指宿帕妮耶若無其事地述說不符合她年幼臉龐的殘酷想像。

「死掉了……？」

「所以這裡應該是天堂……或是地獄那類的場所。帕妮耶還有其他人，除了名字之外，幾乎什麼都想不起來，只記得遭遇過非常辛酸的事，也記得因此希望不要死。」

也許是發生意外。

也許是被欺凌而選擇死亡。

或是突然因為什麼樣的契機而遭殺害。

「這裡只要使用靈力圈，每天都可以吃蛋糕，而且又不會發胖，全是些好事。」

「那麼，為什麼要戰鬥呢？」

指宿帕妮耶頓時停下動作。

「——不戰鬥的話，會死掉喲。」

聽見這個回答，空無歪頭表示疑惑。有聽過因為戰鬥而死，但「因為會死掉，所以必須戰鬥」，顯然非常奇怪吧。

「不是啦……嗯～～依帕妮耶的判斷，應該會從明天開始吧。所以，我要努力活到明天。」

帕妮耶如此說完，便遵從人偶的指示走出教室。

「從明天開始……？」

空無望向狂三——她剛剛似乎在偷聽兩人談話，朝空無揮了揮手。

「那、那個，妳好，佛露思同學。」

「……」

佛露思一語不發地撇開頭。

「我想跟妳聊聊天～～」

沉默不語。

佛露思整整沉默了五分鐘後，連忙站起，走出教室。

「啊哈哈哈哈，人家不鳥妳～～」

「怎麼說得那麼難聽！那個人是害羞啦！」

「我是搞不太清楚啦，但應該不是喔！」

「才不是咧。人家只是單純不理妳而已吧。」

出聲攀談的是雪莉・姆吉卡和乃木愛愛。

「雪莉同學……」

「反正妳也會跑來跟我們說話吧。」

「不過，我……老娘沒打算告訴妳什麼重要的事情就是了。」

「愛愛同學……」

「別那樣叫我啦，妳這傢伙！叫我乃木！乃木！」

乃木捏住空無的臉頰，開始又擰又晃的。狂三見狀，捧腹大笑。

「痛痛痛痛痛，對不起、對不起，自然而然就說出口了！」

「話說，妳有事情想問吧。」

「是啊……那個靈魂結晶是什麼啊？」

「是我們生命和力量的泉源。不論是我、這傢伙，還是妳，都有靈魂結晶。」

乃木用手指敲了敲自己的胸膛。

「不過正確來說，我們的是碎片就是了。」

「碎片……？」

「擁有真正靈魂結晶的，只有起始的存在……精靈而已。我們擁有的，就像是靈魂結晶的碎片一樣。」

「有什麼不同嗎？」

「就算只是碎片，依照大小不同，力量也會有所差異。如果是真正的靈魂結晶，那份力量是我們望塵莫及的……」

乃木盤起胳膊思考了一會兒後，像是突然想到什麼似的開口：

「對了，就好比『災害一樣』。我們是人類的等級，正在努力成長時，那份力量就像颱風一樣襲捲而來，將一切破壞殆盡——類似這種感覺。」

「……說是這麼說啦，但我和愛愛應該都沒有遇過真正的精靈。」

「咦，那狂三呢……」

時崎狂三。

與現場的準精靈等級截然不同，真真正正的正牌精靈。

「老娘才不認同那傢伙。」

「是嗎？我倒覺得她是真正的精靈。」

雪莉說完，乃木皺起眉頭。

「我說啊，如果她是真正的精靈，我們根本敵不過她耶。」

——精靈的力量，與存在於這裡的準精靈是天壤之別。那並非指等級之間的差距，而是種類、起點，甚至是使用的力量本身都截然不同。

「不過，要是達到支配者的等級，不知道會怎麼樣就是了……」

「啊，那個。支配者是什麼？是會破壞友情那類的卡片遊戲還是什麼的嗎？」

「完全不一樣好嗎……精靈啊，從那天之後就全部消失了。也有一些領域原本就沒有精靈，總之聽說全部的精靈消失得一乾二淨，到『另一個世界』去了。換句話說，這個鄰界突然沒有人統治了。」

神不在。

王退位。

換言之，那是下一任國王的爭奪戰。

「現在支配這個鄰界的是準精靈，卻是『被稱為最接近精靈的集團』。那就是支配者。」

「啊～～原來如此。」

空無點了點頭。

「不過，只要得到那塊靈魂結晶——就能獲得與那些傢伙匹敵的力量。」

雪莉的表情一變，散發出惡寒。空無不由得感到害怕，乃木倒是狂妄地笑道：

「……是啊，妳說的沒錯。那塊靈魂結晶有殺了所有人的價值。」

「不、不能和平地決定嗎……」

「妳覺得能嗎？」

空無也認為不可能。剛才的人偶說，那份力量堪比一百名準精靈。既然能得到一百人的力量，也難怪她們會鬥志高昂。

「哎呀，輪到我了。再見啦。」

「接下來換我啦……那麼，自稱精靈的最後一號，妳可要活下來啊。因為老娘要殺了妳。」

「哎呀、哎呀，那我就等著看嘍。」

狂三嘻嘻嗤笑，目送乃木離開教室。

——最後，空無走回狂三身邊。

「沒有打探到什麼有用的消息呢。妳真是沒用。」

「沒這回事，都是些對我而言非常有用的資訊。誰教妳都不願意告訴我，我有什麼辦法。」

「淑女不應該滔滔不絕地講個不停。」

「所以，妳真的是精靈嗎？」

最後，空無詢問狂三。

所有人都認同其力量，甚至被稱為種類不同，最強的精靈。

狂三真的是其中一人嗎？

「是啊，沒錯。我真的是精靈。」

少女率直地如此斷言。看起來不像在說謊，但認識她的時間也沒有長到足以識破她的謊言。

「哇～～」空無只發出深感佩服的聲音，沒有再多做回應。要是不小心涉足太深，感覺她手上的老式手槍不知為何會射穿自己的腦袋。

不過，有一件事無論如何都要問。

「……妳為什麼想參加這場競賽？」

據說精靈們早已擁有上等的靈魂結晶。

既然如此，得到那塊靈魂結晶也毫無意義。

「說是精靈，也有各式各樣的狀態……我浪費掉了一些力量，所以想得到那塊靈魂結晶來備用。畢竟我是精靈，能輕鬆獲勝。」

「哦～～原來如此。」

「時間到了，那麼時崎狂三同學，請出去吧。」

「好的。」

狂三站起來，拿著手槍邁開步伐。在快走出教室的門時，她對空無說：

「好了，該走嘍，目擊者。」

「啊，嗯……我知道了，走吧。」

離開教室的前一刻，空無發現呂科斯和朱小町目不轉睛地盯著她。她心想：說起來，那兩具人偶——到底是什麼身分啊？

所有人都覺得那兩具人偶會動、會笑是很自然的事……還是說，那是支配者「操偶師」的力量所致？

呂科斯和朱小町在空無一人的教室中朗聲說道：

「出席九名，缺席一名，代理一名。」

「汝等冠上準精靈之名的人啊，與無銘天使一同屠殺敵人的殺戮裝置啊。」

「懷抱著渴望與希望，絕望與願望，瘋狂地起舞吧。」

「交出鮮血與魂魄，打造出一條通往神座的道路吧。」

「好了——開始我們的戰爭（DATE）吧。」

無聲。

沉默。

不久後，響起一陣「啪、啪、啪」的零星掌聲。

◇

○乃木愛愛

踏出教室的瞬間，空無便緊貼著狂三的背。

「妳這是做什麼？」

「沒、沒有啦，戰爭已經開始了吧。」

「是啊。」

「妳難道不擔心會有人出其不意地攻擊過來嗎？」

「當然會擔心呀。不過……我知道只有一人會在這裡攻擊我們。」

「那是——」

當空無正想詢問是誰的瞬間，狂三一把抓住她的背，踹破走廊的玻璃窗，逃離現場。

「啥？」

隨後，狂三與空無原本站的地方「黏呼呼」地融解了。

「噫噫噫噫噫！」

「勸妳閉起眼睛，停止呼吸比較好喲～～」

一股煙從融化的走廊猛烈冒出。立刻閉上雙眼的空無感覺自己的身體飄浮在空中。

似乎被人單手抓住甩來甩去的樣子。老實說，因為一直騰空翻來翻去，感覺就快做出不符合少女的行為。

「好、好想吐……DEATH。」

「妳要是在這裡吐了，我就把妳扔出去！」

聽見空無的低喃，狂三也全力吐槽。飄浮的感覺突然停止。

空無戰戰兢兢地睜開眼。

色彩鮮豔的藍天——單手抓住自己的狂三，以及，位於眼前的——

「愛愛同學……？」

「就說叫我乃木了！」

乃木愛愛手上握著溢出紫色液體的長矛。

「我怎麼樣都不認為妳是精靈……反正其他人對妳都是採取觀望到底的態度吧。」

既然出現自稱精靈的參加者，實力一定是未知數，因此其餘八人肯定會選擇「觀望」。乃木也認為這個選擇是正確的。

雖然這麼認為，但也覺得那種懦弱的選擇很沒骨氣。

「所以，由老娘來對付妳，自稱精靈的傢伙！」

制服外圍逐漸由靈力構成閃閃發光的輕柔靈裝。

「哎呀、哎呀、哎呀。」

「請、請等一下。妳們該不會要在這種、這種尖塔屋頂交手吧！至少到安全一點的地方！」

「作響吧——〈喜悅毒牙〉！」

長矛發出低鳴，刺了過來。

——乃木愛愛出生在一個父母胡鬧地幫她取了可笑名字的家庭。

她的幼年時期過得非常淒慘，可說是好不容易才「生存下來」。不過，成為高中生後，她的實力便增強到能夠反擊的程度。

她曾想過要獨自活下去。由衷希望隔絕愛啊、友情啊，那樣的情感。

儘管那份決心偶爾會令她感到寂寞，但大多的情況能使她沉著鎮靜。

即使被指指點點，說是不良少女。

但那是自己選擇的生活方式，所以她完全不在意。

唯一討厭自己的名字……並非因為名字太可愛，不符合自己的形象。既然是父母對自己抱持著期待、希望、寄託而取的名字，叫什麼都好。

叫什麼都好，可是——

母親卻醉醺醺地說她不記得取名的過程了。她說大概是當時在唱《Aye-aye（狐猿）》這首兒歌吧。說完便哈哈大笑。

那一天，她毫不猶豫地離開了家。

當她賤賣母親珍愛的名牌包，思考要用這筆錢住在哪裡時，受邀前往鄰界。

等她回過神，已來到這裡。

來到這宛如糖果甘甜、尼古丁般有毒的鄰界。

當然，乃木愛愛並沒有剛才所敘述的記憶。她想起的只有名字，獲得的是名為無銘天使的武器與被稱為靈裝的鎧甲。

比起現實，這裡就像是天堂。

只要戰鬥就能得到糧食，只要獲勝就能生存下去。在原本的世界，無論怎麼戰鬥也無法得到糧食；就算獲勝，也沒有獎賞。

她早已忘卻過去，也沒有打算想起。

……只是，無法捨棄自己的名字。並非因為思慕父母，而是因為唯有這個名字能證明自己是獨一無二的。

除此之外，一無所有。

家人的長相已忘記，對他們也沒有思慕之情；不需要別人，也沒有人需要她。

所以，無論被嘲笑多少次，她也沒有要改變名字的想法。她決定的只有一件事。嘲笑她名字的傢伙，必殺。

乃木愛愛如此下定決心。

當她手持長矛攻擊過來的瞬間，空無這才終於明白這個攻擊是「廝殺」的開端。先離開教室的其他準精靈全都停止打鬧般的小規模戰鬥，注視著她們。

「真心急呢。」

「希望妳再等個五十年！」

狂三輕而易舉地躲避釋放出來的毒。碰到就會潰爛，如果受到攻擊的部位是眼睛，免不了失明，而且五分鐘以內便會死亡，這毒性就是如此之強。不過，只要躲開，都不是問題。

「妳可別小看我了！」

原本應該墜落的液體曲折迴旋，再次襲向狂三，掠過她的靈裝。

「竟然附有追蹤機能，還真是方便呢……！」

狂三將空無抱在腋下，向下降落。空無發出驚聲尖叫，卻還是沒有暈過去，看著天旋地轉的背景，拚命忍住想嘔吐的衝動。

瘋狂扭動的液體之蛇以時速兩百公里的速度逼近。

閃躲，閃躲，再閃躲。

只要受了一點傷便會立刻侵蝕傷口，奪取性命的毒牙。令見者石化的傳說怪物，與蛇王巴西利斯克之名相稱的無銘天使。然而——

「〈刻刻帝〉——！」

降落的狂三背後出現了一個巨大的錶盤。錶盤少了時針，握在狂三手中。空無見狀，啞然失聲。

「這是什麼？」

狂三沒有回答，自言自語道：

「單手不方便呢，還是放開——」

「算我求妳，如果要放手，至少離地面三十公分再放！」

「啊～～麻煩死了、麻煩死了！麻煩得我都『想去死』了！」

「咦？」

「什麼？」

空無還來不及阻止，狂三便用手槍抵住自己的太陽穴，毫不猶豫地扣下扳機。

「砰！」槍聲響徹雲霄。乃木與空無啞然失聲。

先發現狂三沒有流血的人，是空無。

「〈刻刻帝〉——【一之彈(Aleph)】。」

向下降落的狂三朝反方向奔馳，開始加速。

「什麼……！」

等乃木回過神來，她如蛇一般的笑容已近在眼前。

「追蹤機能是不錯，但妳露出破綻嘍。」

片刻，只消片刻，狂三便看穿了乃木的特性。執行追蹤的並非無銘天使，而是乃木自己的力量。以人類的思考速度來追蹤，不可能應付得來加速後的狂三。

重點是，乃木從剛才就幾乎停留在同樣的地方不打算移動，只有〈喜悅毒牙〉直線奔馳的瞬間，看情況移動了四次。

「明明只要自己和蛇雙面夾擊就能將我逼入絕境。不那麼做，也該先編好理由吧。」

看見乃木啞然的表情，狂三露出充滿嘲諷的笑容。

「——哼！因為我以前從來不需要編那種理由。」

……乃木如此聲明。

空無心想：原來直到這一瞬間，她們都沒有認真面對她們所謂的「戰爭」。

她一直認為應該會交戰吧，應該會受傷吧，那一定會無比疼痛，痛苦得哭出來吧。

不過，少女只能想像到這種地步。

響徹蒼穹的槍聲。

空無花了一些時間才明白那是狂三射擊乃木的聲音。

滿溢的血。

逐漸瓦解的靈裝。

墜落的少女。

「等一…………！」

空無反射性地伸出手。不過，在被狂三抱著的狀態下，根本不可能抓住她。乃木露出有些驚訝的表情。

就這麼往下墜。

狂三也跟著她落下。

最後乃木躺在沒有任何車輛行駛的馬路上。

「……啊……」

她還活著。空無對這奇蹟感到驚愕，雙腳終於踏在地面後，急忙衝向乃木。

「那、那個，妳還好嗎？」

「……我看起來很好嗎？混蛋……」

「──這下子，妳總該承認我是精靈了吧？」

面對狂三的提問，乃木露出傲慢的笑容回應：

「誰要啊。」

「是嗎？」

狂三舉起手槍。乃木笑著瞪視槍口。

「再見了，乃木同學。」

「少囉嗦，快動手。」

槍聲再次響起。狂三的子彈不偏不倚地粉碎了乃木的靈魂結晶。

「咦……？」

空無凍結似的無法動彈。她萬萬沒想到狂三會真的開槍。這雖然是豁出性命的競賽，但終究只是比賽。她以為當對手無法再站起來時，就會遭到淘汰。

「妳為什麼要開槍？」

狂三聽了，露出極為冷酷的表情告知：

「別問那麼愚蠢的問題。當然是因為她還活著啊。」

「可是……！」

「妳以為一時無法戰鬥就算輸了嗎？誰會承認那樣的敗仗？要讓對手認輸，只能殺了她。其他人必須死光，才能決定勝者。」

空無明白。

她也知道照理說是正確的，不，即使依照本能也沒有錯。沒錯，根據自然法則是正確的；按照這個競賽的規則，也是正確的。

不過，「因為正確，所以才錯」。

「就算這樣……這算這樣，還是不對。這種行為，非錯不可。」

「……真可笑。竟然以那種天真的想法活到現在，妳過去一定活得非常幸福吧。」

狂三眼神冷酷地望向空無。

「才沒有！……我想，應該沒有。」

沒錯，沒有。她明白自己非常天真，也知道自己是充滿偽善、令人不耐的博愛主義者。

她雖有自知之明，還是忍不住大聲否定。這是為什麼呢？內心深處醒悟的某個念頭提出疑問。自己以前是會說出這種話的人（不，現在算是準精靈吧）嗎？

明知道對方是殺人不眨眼的存在，為什麼自己還會說出這種話呢？空無如此心想。

搞不好會被殺掉。

但不知為何，不把想說的話對她說出來就是不痛快。

狂三瞪向她——她也不甘示弱地瞪回去。空無可沒有要認輸的意思。不久，狂三移開視線，一臉不甘心地低喃：

「……快點離開吧。這裡空氣不好。」

空無不打算再指責狂三。她也知道這是不對的，然而還是選擇了戰鬥。

只要明白這一點就夠了。

「好、好的……」

空無最後回頭望向剛才的現場。靈魂結晶被粉碎的乃木已隨著一陣風消失。

為什麼會感到心痛？

別說感情好，只不過聊了五分鐘左右，對她的希望、願望、絕望一無所知。

少女想殺死空無和狂三，卻反過來喪命。

想必在這場競賽中，殺人與被殺都是家常便飯吧。

不過，總有一種情緒無法割捨。

像針一樣刺進心臟的情緒怎麼也揮之不去。

◇

○武下彩眼

土方征美的日本刀發出空間嘎吱作響般的尖銳聲響，彈飛武下彩眼的箭。只是，依然不見彩眼的身影。

「妳還是一樣偷偷摸摸地躲起來呢，彩眼！」

征美情緒歡愉地大吼。不知從何處傳來彩眼的聲音，回應道：

「要妳管，這就是我的戰術啊。」

「好吧。全力戰鬥是好事，我一點都不在意！」

「……害我一股火冒上來。」

「為什麼！」

征美疑惑地大喊。彩眼沒有回應，再次射箭。三支箭變化出曲線、直線、迴旋等各式各樣的軌跡，瞄準征美。

「啊哈哈哈哈！跟妳交手果然很愉快啊！」

「是嗎？我完全、絲毫、一丁點兒也不愉快。快點死吧，馬上，立刻。」

「真無情耶！」

無論軌跡如何變化，也不會更改箭矢朝自己攻來的事實。當箭矢進入靈力圈的瞬間，征美便會同時發覺與迎擊。

「話說啊～～！」

「幹嘛啦？」

「——那個自稱精靈的傢伙，三兩下就贏了呢！」

「是啊，真強。」

兩人一邊交手一邊聊起不知是否算閒聊的話題。大概是彼此多次較量、認真廝殺，還是分不出高下的關係吧。

兩人同時存在想致對方於死地勝出的狀況與閒話家常的興致，卻完全不覺得奇怪。

「這樣看來，實力還是未知數呢！」

「不過，倒是得知了幾件事。遠距離用槍，近距離也能用槍提升體能，執行近身戰。」

「遠近距離都能使用！真厲害！」

「我可不想跟她交手！妳也是吧。」

「哎喲，我跟彩眼妳都夠格啦！我很強，妳也很強，不會輸給那種遠近距離都得天獨厚的傢伙啦！」

「……」

「怎麼了？」

「噢，嗯。我果然很討厭妳啊。」

「怎麼這樣～～」

蘊含激情的箭矢發射——土方征美爽快地接受那份激情。

同時希望這一瞬間能持續到永遠。鬥爭很難受、苦澀又疼痛，而勝利則總是只有安心。

與彩眼的戰鬥不管受再多傷也很開心。感覺因為開心無比，才一直延後分出勝負。

她知道彩眼討厭自己。一定是自己不正經的態度與一板一眼的她永遠不相容吧。

征美覺得那令她感到有點寂寞。不過，她也不想說謊。

可是，即使如此——

啊～～如果這歡樂的時間能夠持續到永遠就好了。

征美懷抱著無法訴說給別人聽的願望，放聲吼叫：

「呀吼——————————！」

……啊～～真是吵死人了。武下彩眼咂了咂嘴。隔著三棟大樓、超過十扇窗戶看見的征美，身影如點一樣小。但是對彩眼而言，只要有那個點，就足以成為標靶。

身經百戰後，她才終於獲得這個距離。

她與自己的距離感。

互相廝殺，卻加深感情的矛盾。沉溺在溫水般的舒適與刺痛的戰慄之中。

不過，那也已經告終。

今天要在這裡做出了斷，登上更高的地方。這是她與征美之間的誓言。彼此都希望變得更強，因此兩人打算堂堂正正地交戰。

老實說，她無法否定自己確實感到可惜。

不過另一方面，自己也的確想要獲勝。

（不知道待在另一個世界時，是不是也認識她呢？）

是朋友，或是敵手，要不然就是點頭之交的程度。

自己竟然會思考如此無聊的事情，真是可憎。

武下彩眼也不了解自己的過去。不過，憑藉些微的記憶和與其他準精靈的對話，大概理解自己是什麼樣的存在。

她住在另一個世界的日本，應該是女高中生。她不知道自己是怎麼闖進這裡的，或許是受到別人的邀請。

不過，事到如今已經不重要了。她不留戀過去，每天竭盡全力地生活。

不知是因為闖進這個鄰界還是原本就如此。

彩眼總是在盼望、渴求。即使射箭時心無旁騖，射中時的激昂感卻非比尋常。

自己甚至可說是為此而活。

不過相對地，當她費盡千辛萬苦找到另一個世界的書籍並閱讀完，心中會湧起一股難以言喻的充實感。

她尤其喜愛閱讀描寫戀愛的書。無論文筆多麼拙劣，對不受戀愛之神眷顧的自己來說，依然很有吸引力。

愛人與被愛，究竟是一種什麼樣的心情呢？

她總有一天想嚐嚐那樣的滋味。

然而，為此她不斷地殺戮與戰鬥。

交戰、殺伐，往高處邁進……她一直是如此生活過來的。她遇過戰鬥已久的準精靈，也遇過剎那間的邂逅就印象深刻的準精靈。

噢，說到這裡……她想起還遇過和自己打扮相同的人。但是，那些人的長相似乎早已模糊不清，無法憶起。

就這樣，不知不覺間，她的身邊只剩下一個人。

土方征美。

但也到此為止了。因為這場戰役不是她死就是我活，必須有一方戰死才能告終。

……多餘的思考導致停滯不前。

自己討厭在與她的這一戰中感受到那類的停滯。她想要純粹地與土方征美樂在其中。

——這是怎樣？戀愛中的少女嗎？

彩眼不理會心中冷靜的低喃，投身於那份狂熱。

釋放出箭矢。經歷無數次射擊、擋開，然後每次互相指摘對方的缺點。

害她在與土方征美以外的準精靈對戰時百發百中，反而會感到不知所措。她知道追求強大，每當實力增強，彼此的靈魂結晶便會越發閃耀。

因此陷入渾然忘我的狀態，反覆這種舉動的結果，就是參加這場競賽。

如果成為支配者，能擁有多強大的力量呢？需要多少力量才能眺望世界呢？

武下彩眼想知道答案。

她想知道這個答案，所以射出箭矢。

她隱藏的真心話只有一件。就是自己是否擁有「想要分享」那份喜悅的對象？

沒錯，好比土方征美。

——愚蠢至極。

她停止思考。沒打算依賴原本就欠缺的期望，現在只要互相廝殺，把箭射向土方征美的胸口吧。

非這樣做不可。

以渾身力量射出的致命一擊，終於攻破土方征美的堡壘。

「什麼……！」

彩眼過去在土方征美的面前，暗中刻意不使盡全力射箭攻擊。

為了有一天與征美互相廝殺時——征美能應付她以與過往相同的速度射出的箭擊。

為了有一天，征美以為她射出的箭沒什麼大不了的。

「唔……！」

再射出一箭。面對與先前完全天壤之別的箭速，征美的靈力圈也抵擋不住，靈裝裂成兩半。

想嘲笑自己卑鄙就嘲笑吧，想責難就責難吧。武下彩眼為了此時此刻，將全力以赴——！

「啊哈哈哈哈哈！真不賴，彩眼果然棒透了！怎麼能輸給妳啊！」

聽見征美洪亮的聲音，彩眼感到有些安心。

「……不過，我是不認為妳會說我卑鄙就是了。」

這樣會不會有點太痛快了？

彩眼如此心想，允許自己微笑片刻——

「但想歸想啦！這場勝負能不能保留一下？」

「啥？」

隨後笑容瞬間僵掉。

◇

○雪莉・姆吉卡

「燃——燒——吧——燃——燒——吧——火——啊——燃——燒——吧——！」

儘管聲音悠閒自在，四周卻被熊熊烈火包圍。雪莉・姆吉卡手中的無銘天使〈炎魔虛眼〉集中陽光，粉碎所及之處，同時燃起火焰。

「哇啊啊啊啊啊！嗚哇啊啊啊啊！人家受夠了啦啊啊啊啊啊啊啊！」

一邊跑一邊號啕大哭的，是指宿帕妮耶。她的無銘天使〈青銅怪人〉被雪莉一擊，一下子便「融化」了。靈裝也破損了八成，無法跳躍，只能一個勁兒地逃竄。

原本自信滿滿向她挑戰的帕妮耶，臉瞬間因恐懼而皺起。儘管覺得這種想法很惡劣，但看在雪莉眼裡，就如同一部歡樂的短劇。

「抱——歉——嘍——！受——死——吧——！」

聽見這句話後，陷入絕境的帕妮耶表情染上絕望。

「我、我錯了！人家不要死，饒人家一命吧……！」

「不——行——！」

〈炎魔虛眼〉的一擊毫不留情地直擊帕妮耶。當帕妮耶說到「饒人家」這裡時，她的全身就已承受集中的陽光，燒得一乾二淨。

「解決啦！」

雪莉「啪啪」拍了拍手。下一瞬間，一股強烈的殺氣隨著破風聲襲來。

「……！」

不過，雪莉．姆吉卡也是一名身經百戰的強者，老早就知道從剛才起有人在盯著佯裝泰然的自己。

對方輕而易舉地劈開烈火之牆，即使刀刃已融化一半，還是一劈再劈，逼近雪莉。

「別小看我！」

雪莉以無銘天使〈炎魔虛眼〉勉強迎擊那刀刃。

戰慄從胃部湧起，折磨皮膚。她體會到自己死期已近。

「砺波……篩繪！」

「是我沒錯，妳好啊。」

遙遠的彼方，擲出戰輪的少女露出靦腆的笑容。

「妳還是一樣心狠手辣啊～～！」

「啊哈哈，心狠手辣的是誰啊？竟然燒死求妳饒命的對手。」

砺波雖然嘴角帶笑，眼神卻極其冷酷。當然，既然那是規定，也無可奈何吧。

「我平常不會做那種事。話說，妳不也只是想要得到靈魂結晶嗎？」

「嗯，是沒錯啦。」

挖出靈魂結晶雖然多少需要花點時間，但能吸收進體內，成為自己的養分。

雪莉和砺波都是這麼生存過來的。彼此吞食準精靈，戰勝至今。

「勸妳還是放棄吧。指宿帕妮耶的靈魂結晶，感覺吃了會消化不良呢。」

「妳認識剛才的準精靈嗎？」

兩人一邊閒聊一邊謹慎地試探對方。雖然想打探情報，但總不能讓對方有機可乘。

再說，即使露出破綻，也難以判斷那究竟是下意識露出的破綻還是故意為之，設下陷阱——

兩人光明正大地動著腦筋，持續閒聊。

「她最近小有名氣。算是跟我一樣吧。」

「不三不四嗎？」

「沒錯！」

雪莉哈哈大笑。

失去另一個世界的記憶，是準精靈的常識。

不過也有準精靈像雪莉一樣，帶有模糊的記憶；有時也會因為誤闖鄰界時帶進來的書，記起許多事情。

正如自我介紹時所說，雪莉曾有過弟弟妹妹。記不得有幾個了，並非薄情，應該只是多到記不清。從自己素行不良這一點來判斷，她在另一個世界應該是生活在容許「那種事情」的城鎮，然後被壓榨吧。她在這個世界，當然沒有弟弟妹妹。

她曾有個妹妹餓死，也有在嬰兒時期就死掉，甚至連性別都不知道的家人。好像有父母，又好像沒有。就算有，大概也是沒用到記不得了吧。

雪莉認為這個世界簡直就像天堂，或者真的就是天堂吧。

她還是第一次吃到那麼香甜的蛋糕。

也是第一次在如此柔軟的床上睡覺。

不管吃再多東西也不會蛀牙。但也不會感到飽足與飢餓，不會感到寒冷和炎熱。

永遠如此，人生過得很快樂。

所以不斷殺戮吧。因為只有殺伐，自己才能待在這個溫和的世界。

於是她才想盡早解決與自己同類的指宿帕妮耶。

由於是同類，才難以預測會使出多麼出乎意料的卑劣手段和計策來對付自己。所以她決定最先擊敗指宿帕妮耶。

不過，問題卻在於砺波篩繪。

她也和自己有同樣的味道——而且實力遠比指宿帕妮耶還堅強。照狀況看來，無法偷襲，正面進攻也不知能否獲勝。即使戰勝，也勢必沒有多餘的力量挑戰下一場戰役。

她不想被鬣狗分食而死。更何況，有她在。

「我說，砺波，要不要跟我聯手？」

「跟妳聯手嗎？妳這想法不太明智喔。」

「會嗎？妳不也看到了，『那個自稱精靈的女人』。」

「……」

砺波沉默不語。沒錯，這次的競賽中有一名終極難纏的異類。

「妳想想嘛，不是聽說精靈創造了這世界的準則嗎？換句話說，那是我們拚命操縱的這份力量的來源，對吧？妳難道沒想像過那有多厲害嗎？」

「……有想像過。」

屬於第五靈屬的雪莉是操縱火焰的高手。即使面對相同靈屬的對手，她也有自信獲勝。

但是，如果對方就是「火焰本身」，該如何戰勝？

「如果，我是說如果喔。如果她是精靈，而且真的是一時興起參加這場廝殺，我們根本是以卵擊石，敗得屍骨無存。」

「我想也是。第三靈屬是……影子嗎？」

「第三靈屬本來就寥寥無幾，我也只遇過兩三次而已。」

第一（光）、第四（冰）、第五（火）、第八（風）、第九（聲音）、第十（物質）——占準精靈八成以上；第二（情報）、第六（封印）、第七（變化）則占其餘的比例；第三靈屬——操縱影子的人極為稀少，不滿百分之一。

「除了影子，應該還有其他能力才對，但就連這一點也不得而知。」

砺波也缺乏與第三靈屬的準精靈交戰的經驗。更糟糕的是，她所遇過的第三靈屬準精靈全都「很弱」。甚至判斷不出她們有何企圖，又做出了何種攻擊。

「我也是、我也是。所以啊，我們聯手解決那兩個人吧。」

「兩個人？……喔喔，妳是指空無嗎？」

「沒錯。我覺得那孩子應該也有一點本事。」

「我倒覺得沒有。那孩子大概是個幌子吧。保險起見先殺了她，我是不反對這個意見啦，但妳可別扯我後腿喔。」

「喔喔，想不到妳還滿明事理的嘛。所以，妳打算如何？」

「……聯手吧。目前的目標是時崎狂三嗎？」

「目標還有另一個人。不是有個單純對我們造成威脅的人物嗎？」

雪莉嗤嗤竊笑，望向發生特大爆炸的方向。砺波的臉皺起，是因為恐懼還是憎惡呢？

「碎餅女（Biscuit Smasher）……」

「果然是她吧。我只看過一次那把斧槍。」

「她的弱點是？」

砺波提問後，雪莉表情僵硬地笑道：

「現在才要去找。」

◇

○佐賀繰唯

佐賀繰唯是女忍者。她不記得在另一個世界時，自己是什麼樣的人，但她倒是十分清楚自己在這個鄰界的角色。

蒐集情報，呈報給「公主」，作為她的刀或是手腳來行動。

這就是她的存在意義與喜悅來源。

搞不好她在另一個世界中也是女忍者，要不然就是天生奴性重。才高中階段就已經奴性太重，到底是什麼樣的人生啊？

雖然這名準精靈任性、少根筋、愛玩又破天荒，基本上配不上「公主」這個稱號，但她的強悍與美麗，無庸置疑是真正的公主。

這個第十領域的問題在於支配者「操偶師」絕對不會現身。與支配者之間的會談，也總是只透過人偶參加。

「那怎麼可以？妳去給我查出他的真面目——」

公主的命令不可違抗，為此奮不顧身也在所不辭。

因為她是忍者，並不執著戰勝。

雖然參加了廝殺，但她打算找個合適的時機逃脫。她已經選好逃亡路線了。

她本來是打算逃跑的，原本是這樣計劃的。然而，她現在卻被逼得走投無路。

——鄰界有十個領域。有無人見過的領域，也有眾多準精靈雲集的領域；有戰鬥的領域，也有支配者之間締結盟約，絕不戰鬥的領域。

在第十領域，強大就等於戰勝的力量。因此，有時也會傳出各種準精靈的傳聞。

據說有準精靈的力量匹敵精靈。

據說有準精靈挑戰一百人，結果無人生還。

大多都是愛聽八卦的準精靈傳出的無聊都市傳說。不過，也有極少數的傳聞為真。

像是有一名少女一擊便能粉碎萬物，敲壞萬物的模樣宛如「敲碎餅乾那般輕而易舉」。

「呼、呼、呼……！」

抽到第一號時，她相信自己是幸運的。〈隱形靈裝．三四番〉雖然防禦力低，但暗藏隱形能力。把握一瞬間的破綻，出其不意地攻擊，殺死敵人，是佐賀繰唯常用的手段。

當然，佐賀繰知道蒼是何方神聖。最近突然嶄露頭角的準精靈，碎餅女。

因為就像粉碎餅乾那樣——她怨恨過去的自己將這種惡夢般的玩笑一笑置之。

只憑一把斧槍就陸陸續續粉碎世界。

佐賀繰展開的隱形奇襲確實成功了。但是，就只是……成功而已。

蒼的〈極死靈裝．一五番〉不知是否有什麼特性，還是單純只是防禦高，佐賀繰使出全力一踹也只讓她受到擦傷。照理說，應該有粉碎或扯裂頸骨的威力才對。

而發現奇襲的蒼則是以猛烈的攻勢揮舞起她的斧槍。

佐賀繰大吃一驚，彎下身軀。剛才頭部所在的位置發出轟然巨響，並且斷裂。

每一擊都迅速、沉重又猛烈。

將所有看起來能夠躲藏的場所逐一擊碎。雖然只要用靈裝隱身就好，但她連那一瞬間的空隙都找不到。所以，只能先逃。然而對方的追蹤速度實在快得驚人。

不，與其說速度，應該說是靈力的偵察範圍非比尋常吧。

「聽說獵犬的嗅覺是人類的一億倍……」

蒼的靈力偵察跟其他準精靈相比，或許也有那樣的程度吧。

總之，必須先逃脫才行……！

她想到幾項計策，選擇當中最可靠的一項。

「詛濤式——雞肋空蟬！」

◇

蒼雖然感覺到冰涼的寒氣，但發現沒有發生任何衝擊後，便立刻向前衝。

「我要上嘍。」

斧槍隨著淡淡的話語揮舞而下。那一擊將佐賀繰唯的身體「如餅乾一般」擊碎——本來應該如此。

「沒有…………死？」

蒼歪了歪頭表示疑惑。沒有發現準精靈一定會有的靈魂結晶碎片。重點是，手感很輕。擊碎準精靈時的手感應該更重。假如平常是餅乾的手感，今天的手感就是薄脆餅乾的程度。

也就是說，是假人。

等到蒼發現這件事時，佐賀繰早已退避到安全地帶。

◇

就算她擁有獵犬般的嗅覺，也極難找到完全隱身的佐賀繰。不過，早晚會被找到也是不爭的事實。

佐賀繰推斷大約十分鐘就會被發現。

「……只要五分鐘就行了吧。」

她用隨身攜帶的鉛筆流暢地在紙張寫上之前蒐集到的情報，毫不猶豫地撕下靈裝。

「〈隱形靈裝·三四番〉——去吧。」

靈裝的一部分變化成雪貂，叨著佐賀繰給牠的紙張，迅速奔離現場。

「……雖然不完整，但這下子蒐集來的情報就全部送出去了。」

她鬆了一口氣。不過由於分送靈力，隱形能力有些失衡。所謂失衡，就是指會被察覺。

「但我知道她會從哪個方向過來。」

佐賀繰調整呼吸，舉起自己的武器〈七寶行者〉。

「只要主動出擊，正面對峙……我也有我的計策。」

她深深呼吸了一口氣。

毫不畏懼地從建築物的暗處跑出來與蒼對峙，然後勇往直前。

對方當然已進入迎擊狀態。佐賀繰從袖口掏出七支大苦無。

蒼微微皺起眉頭。她對佐賀繰選擇正面對峙，以及明知攻擊不管用還主動進攻感到困惑。

但是，蒼只能攻擊。除此之外，別無他法。

「〈七寶行者〉——【降魔】。」

以粉碎的氣勢攻來的一擊空虛地劃過天空。

「……！」

七支大苦無釘住蒼的四周，同時結印，發動無銘天使之力，暫時封印住蒼的視覺、聽覺、嗅覺、味覺、觸覺——五感與第六感——直覺，以及靈力。

暫時讓所有準精靈完全失去力量，是佐賀繰唯殺手鐧中的殺手鐧。至少不是在能採取對策的情況下，還在初戰中使用的招術。

沒想到竟然會在這時使出。

而且不是為了殺敵，只是單純為了逃脫……！

即使如此，生存下來還是比較重要。況且，自己本來就不是為了奪冠才參加這場廝殺，因此也沒有打算戰勝到最後。對自己而言，重要的只有一件事，而那並非是與她交戰。

雖然自稱精靈的少女時崎狂三是她新的調查對象，但比起她，還是優先脫離這場廝殺競賽為妙。

快點、快點、快點。得在封印失效前盡量逃遠一點——！

「…………………啊？」

雙腳突然使不上力。她回頭察看狀況，立刻就明白並且快速地接受事實。

因為她在約一公尺遠的後方看見自己被砍斷的下半身。

而下半身前方的地面則插著蒼的斧槍。大概是用投擲的吧。

是否該乾脆讚賞她用那種隨便的攻擊就輕易破壞了自己的身體？還是應該感到絕望呢？

「需要介錯人幫忙斬首嗎？」

竟然知道這麼艱澀的知識。佐賀繰思考著這種無關緊要的事情，露出苦笑。

執行任務難免會遇到這種事，死去的準精靈多如繁星。

況且，據說在鄰界——死亡並非真正的喪命。這個世界本來有肉體就跟沒有一樣，死掉的話，不是回到原來的世界，就是返回空無的狀態。

當然，佐賀繰唯堅信——

即使這次死亡，「還有下次」。

「……拜託妳了。」

說完這句話的同時，佐賀繰的靈魂結晶便被剜挖出來。意識瞬間斷絕，還來不及道謝，佐賀繰便失去意識。

「……真是極品……」

蒼一口吞下靈魂結晶，滿意地再三頷首。一副滿足的樣子往地上一躺，開始熟睡。那副模樣十分天真無邪，怎麼看都不像正在廝殺的競賽途中。

然而，沒有一個觀看她和佐賀繰一戰的準精靈對她出手。

即使沉睡，也沒有人會蠢到去吵醒猛虎。

◇

突然意識到時，天空已經開始染上橙色的光芒。

「還好繼愛愛之後，都沒發生什麼大不了的事呢～繃帶女也是小戰一下就沒事了。」

空無悠閒地說道。看來，她也以驚人的速度適應了這場競賽。打敗乃木愛愛後，頂多只有那名臉上纏滿繃帶的少女，叫作什麼佛露思的，襲擊她們而已。

狂三原本被繃帶絆住腳，就要撞上牆壁，但輕而易舉地扭轉情勢。繃帶女反而挨了一記槍擊，忍不住逃跑了。

「通常第一天都是這個樣子吧。」

狂三沉著地回應。

「咦，明天還要打嗎？」

「是啊，明天、後天都要，直到剩下最後一人獲勝。」

狂三如此呢喃。她的表情透露出些許暗淡的情緒。

街上響起鈴聲。

狂三告訴空無，那是通知這次戰爭暫時中止的鈴聲。

「算是一種協定吧。禁止夜襲。」

「要是不遵守，會怎麼樣？」

「當然會受到懲罰。未遂會予以警告，在夜襲中殺死對手的準精靈，會由這場競賽的主辦人肅清。」

「可是、可是，那樣有意義嗎？會不會到頭來還是勝者為王～～」

「人偶們會監視，避免發生那種事情。因為再怎麼夜襲，也贏不了她嘛。」

狂三嘻嘻嗤笑。空無歪頭不解。

「呃，不好意思，讓我整理一下。」

「好啊，請自便。」

「狂三是精靈，比其他準精靈還要強，對吧？」

「那是當然呀。」

「然後，管理這場競賽的支配者，是準精靈對吧？」

「是呀。」

「精靈要遵從準精靈制定的規則嗎？咦？不覺得滿奇怪的嗎？其他準精靈遵守規則我是能理解啦，不過……」

狂三聽到這裡莞爾一笑，伸出食指抵住空無的嘴唇。

冰冷、舒暢的觸感令半開的嘴巴自動闔上。

「只是一時心血來潮。規則不好好遵守的話，就不好玩了呀。」

「……」

狂三面帶微笑。不過，她的表情跟她的指尖一樣冰冷，有種距離感。

「妳可別忘了，我也是一時興起才讓妳活著的。」

空無一語不發地不斷點頭。可能是滿足了，狂三移開手指。既然是一時興起才讓自己活著，那麼也可能一時興起而殺死自己吧。

◇

「……這裡可以嗎？」

「咦？這裡嗎？」

狂三在一間平凡無奇的獨棟房子前停下腳步。空無觀察狂三要做些什麼，結果她只是普通地開門進屋。

「等、等一下，狂三。狂～～三～～！這裡是別人家——」

空無追在她身後，衝進門後啞然無言。

空無一物。玄關後方，恐怕跟房子外觀差不多大小，一無所有的空間擴展在眼前。

「房子內部不存在也無所謂，只要有房屋的外側就能成立街道。因為根本沒有人在住啊。」

「這樣啊……」

原來如此。空無雖然如此心想，內心還是感到疑惑。

「不過，什麼都沒有也不方便，還是稍微布置一下比較好吧？」

狂三如此呢喃，蹲下來將手擱在踩過的白色空間。是要施展魔法嗎？如此一來，果然要唸咒語嘍？還是能改寫這個空間資訊的程式語言呢？

「嘿～～」

沒有幹勁的吆喝聲令空無大失所望。

隨後，白色空間產生變化。添增了色彩，配置了室內裝潢，化成適合人生活的樣貌。

「我要休息了。」

「啊，好的。妳要泡澡嗎？可以的話，要不要一起泡！」

狂三毫不掩飾地對揮著手的空無皺眉。

「不了。妳想泡的話，請自便。」

冷淡的回應。

「啊，好的……晚安。」

狂三快步走進內部疑似寢室的房間。空無歪了歪頭，片刻過後決定先泡澡。她打開浴室的電燈，開始放熱水。狂三不用洗澡也沒關係嗎？應該沒關係吧。那個人是精靈，不用洗澡也不會發臭吧。

「精靈可以不用洗澡，真好～～」

空無自言自語，脫下白色連身洋裝。內衣褲也是白色的。她心想，自己到底有多喜歡白色啊？變化可以再豐富一點吧。

突然，她發現鏡子前面站著一個陌生人。

「……！」

……不，不對。這是我。空無第一次看見自己的樣貌。她不太認識那張臉，就好比塗滿白色顏料的圖畫紙。

不知道上面畫了什麼，只知道有畫東西。

待在這裡的是平凡無奇、隨處可見，本來應該埋沒在背景之中的一名少女。

「……我是誰？」

——沒有答案。沒有準備給空空如也的人的回答。

「……我來自哪裡？」

——沒有答案。毫無記憶的自己沒有過去。

「……為什麼會在這裡？」

——沒有記憶、沒有過去，那便代表自己不存在。

儘管想哭，還是忍住。總之，先那個吧。

「好，澡洗一洗，忘記討厭的事吧！」

自己過去可能討厭泡澡，但這不足為道。畢竟她空空如也，只能積極向前。

幸好，浴缸是能確實儲存熱水的設計。不愧是狂三，設想得真周到……空無在心中語氣自大地說道。要是心裡的想法被看穿，自己肯定必死無疑吧。

空無洗淨身體的髒汙，輕輕踏進浴缸。

「啊～～～～～～～～～～～～～～～～～～～～～～～～～～～～～～～～～～～～」

再見了，過去的我。

妳好，今後的我。

總之，明天似乎也能活下去。泡澡棒透了。

「……我是不是太容易滿足了？」

還看不見像樣的未來。冷靜思緒，重新審視現在的自己吧。

沒有記憶，並非人類的準精靈，（大概）沒有人認識自己，被捲入廝殺競賽……戰爭，能依靠的只有一名叫時崎狂三的精靈——

「唉……」

而眼下的問題是，為何時崎狂三要帶著自己同行？

她好像說過能把自己當作誘餌來利用，但空無覺得自己似乎派不上用場。

何況，敵手一眼就能看破「這傢伙很弱」，這樣的自己到底對她有何助益？

……要解開疑問，需要代入公式。既然不知道公式也無可奈何。

想也沒用，空無乾脆拋諸腦後。

「明天……能活下來嗎……？」

明天還能像這樣一邊泡澡一邊思考各種事情嗎？

還是會像乃木愛愛一樣——宛如塵埃，煙消雲散呢？

泡完澡，穿上內衣褲……明天想穿新的內衣褲。另外，白色連身洋裝一旦弄髒就白不回來，也想換套衣服……

總之，心情暢快的空無關掉電燈離開。

大概是因為四周無人，街道、房內，到處都靜謐無聲。

睡前去道聲晚安吧。空無思考著這種無謂的事。

「因為啊，要是狂三說出『我可沒有義務照料連晚安都不說一聲的無禮之徒』這種話，我就

傷腦筋了……」

空無嘀嘀咕咕地窺視寢室……不在。

「咦？」

床上、床下、衣櫃裡，都沒找到。

該不會、該不會，她扔下自己逃跑了吧？不、不，不可能。

「……………………」

上方傳來微弱的聲音。

對了——空無想起這棟房子好像是兩層樓建築。在擴大那個叫什麼靈力圈的時候，可能連二樓也建造好了。

她爬上樓……慢慢地，不發出聲音。

「……啊……啊啊……！」

這應該是某人的房間。門沒關。她靜悄悄地走過漆黑的走廊，從門縫偷看，看見了那一幕。

不小心看見了。

「啊啊……嗚……啊……啊啊……！」

緊咬牙根，還是止不住的嗚咽。也許是不得不抓住什麼，只見房內的人用雙手使勁地緊抱住枕頭。

時崎狂三在哭。

那對空無而言，是猶如顛覆世界的強烈衝擊。

她會笑、會發怒，有時也會露出嗜虐的表情。

但卻不哭。即使笑到流淚，傷心至極也不會哭，更別說像這樣號啕大哭了。絕對不可能。

空無僅僅半天就如此堅信。而如今，她的幻想被粉碎得體無完膚。

淚如泉湧不斷流下，無法停止，緊咬的脣瓣滲出微微鮮血。大概狂三自己也無法靠自己的意志止住淚水。

悲嘆、激情、絕望，以及更勝上述幾項的某種情緒，所有正負感情摻雜在一起吧。

狂三為什麼在哭呢？空無不知道理由。只是，她為某種事情所動搖，不得不在隱祕的地方偷偷哭泣吧。

——空無事後回想起來，認為應該是這個瞬間。

改變對狂三的看法，以至於最後做出那個決定。

空無輕聲離開現場。由於狂三似乎要用寢室，她便決定睡在客廳的沙發上。

閉上雙眼。腦海裡浮現狂三冷酷地射殺乃木愛愛的情景，與剛才哭泣的畫面。

兩邊都不過是她眾多面相中的其中一面罷了。

空無至今也無法認同她冷酷射殺一條生命的事實。

不過，嗯，不過——

倘若那些淚水是她的另一面，不是面對別人時虛偽的那一面。

即使不認同她殺人的事實；無論她露出何等冷酷的表情；以及就算她肆無忌憚地公開宣言空無是誘餌。

空無都不打算離開時崎狂三的身邊。

她已經決定了。

她要與狂三一起行動，直到她再也忍受不住這股莫名的焦躁感和徹底死心為止。

既然她允許自己同行，自己就助她一臂之力，報答這份恩情吧。

空無思考著這種狂妄自大的事情入睡。

隔天早晨。

空無對清醒的狂三微笑。

「早安啊，狂三。」

「……妳是怎麼回事？」

狂三納悶地瞇起雙眼。空無再次對她笑道：

「因為家裡有，我就烤了麵包。」

「這樣啊……」

「另外，還泡了咖啡。妳想嘛，日本人早上都是喝咖啡的吧。」

「……呃，好像不是耶……」

說是這麼說，狂三還是在咖啡裡加了砂糖，然後瞥了空無一眼。她一副喜孜孜的模樣。

「真是不可思議呢。明明不餓，吃麵包還是覺得好好吃喔。」

「我們並非在吃麵包，只不過是在吃吃了麵包的這個事實。」

「？？？」

狂三確定空無聽不懂。

「……準精靈必須擁有夢想才能生存下去。這不是比喻，而是事實。」

狂三慢慢地說出這殘酷的事實。

「許多少女會誤闖這個鄰界，而其中的大多數——因為沒有夢想而消失。不過，這也是無可奈何的事。」

「……為什麼會消失呢？」

「不知道是什麼道理。不過，這世界關於肉體的比重確實比『那邊的世界』來得輕。不吃東西也不會餓、不睡覺也不會死、不會變老。說真的，是不老不死。」

「不老不死……」

「不過，長時間無所事事的話會精神耗弱。所以，在這裡，精神比肉體方面更加攸關生死，而最重要的就是『夢想』。」

想做什麼事，想怎麼度過，想成為這種人，想這麼做。

純真的欲望，幼稚的希望。

或是邪惡的願望也無所謂。內心因此追求奮發向上，產生想活下去的堅強意志。

反過來說，如果沒有那些條件。

「在這裡單純地生活，真的很輕鬆。但是，這個鄰界不允許這樣的怠惰。」

「怠惰——」

假如沒有夢想，沒有強烈的生存意願，只求存在於世上就好。

「肉體毀壞，心靈也崩潰——成為不與他人接觸的存在，最後就會消失。」

「這樣啊……」

空無點頭回答：「那還真是難為呢。」之後，一陣戰慄突然竄過她的背脊。

「應該會從明天開始吧。」

那是……那句呢喃是——記得是在談論不戰鬥就會死掉這種類似剛才的話題時，指宿帕妮耶

低喃過的話。

「——請看妳的左手。」

「………………啊。」

無法呼吸。剛才的平靜氣氛消失殆盡。對了，她沒有夢想。要怎麼擁有夢想？失去記憶的自己，絕對不可能例外。

「啊啊啊啊啊啊……！」

空無發出沙啞的聲音慘叫。她的左手「微微變成半透明」。她正在消失。自己這個存在就要消失得無影無蹤……！

「別叫了，冷靜一點。還只有左手。」

「可可可是！可是——！」

「會恢復。」

「可是，左手快要消失了………………會恢復？恢復了！」

消失只有一下子的時間，之後消失的左手又輕易恢復了原狀。保險起見，空無試著將手一張一合，也確實感受到手部動作的感覺。然而片刻過後，左手又突然開始消失。

「所以說，去追尋妳的夢想吧。如此一來，就會完全復原。左手也是。」

似乎聽見了麻雀啾啾叫的聲音，但因為沒有生物，早晨非常寧靜。

空空如也的少女戰戰兢兢地詢問：

「……在完全沒有記憶的狀態下？連自己的專長都不知道？再加上參加無法憑一己之力獲勝的廝殺競賽這種身分？妳叫我去思考將來的夢想嗎？」

時崎狂三露出燦爛無比的笑容回答：

「是的，沒錯，就是這樣。」

太亂來了，強人所難也該有個限度。不過——也只能硬著頭皮幹了。

「正好這場廝殺結束時，妳會陷入真正的虛無。妳只要在那之前找到夢想就好。」

……沉默。

露出壞心眼表情的時崎狂三雖然有些令人光火沒錯。

但只能這麼做了。只能努力尋找夢想。

「……我知道了。我會找到給妳看。」

「真是積極呢。」

「啊哈哈哈哈，不積極我還能怎麼樣！」

儘管有些自暴自棄，但空空如也的容器也一點一點地累積起各式各樣的東西。

那絕對不只有絕望，多少也存在著一點喜悅、樂趣、想要向前邁進的希望。

「所以，狂三，今天我們要去哪裡呢？」

「這個嘛……空無，妳有什麼想要的東西嗎？」

「我想要自由、記憶和安全。」

「很不湊巧，那些沒有在賣。有其他的嗎？」

看來不是那種概念性的東西。空無想了一下，突然望向袖口有些骯髒的衣服。

「啊……我想要衣服或是內衣褲吧。因為跌倒還有被捲進戰鬥，汙垢有點明顯。」

本來就是白色的，一弄髒會非常明顯。

「如果妳不嫌棄我的衣服，我可以借給妳喔。」

「咦？」

說到狂三的衣服，當然是一身漆黑的哥德蘿莉，在黑暗中閃閃發光的那種風格。

「……不，那個……多不好……意思……啊……」

大概是對語無倫次的回答感到滿足，狂三點頭說：「真拿妳沒辦法。」

「機會難得，我們就去購物中心吧。那裡應該有賣衣服和內衣褲。」

「咦，購物中心？有這種地方嗎？」

「有啊。還有會幫我們服務的店員喲。」

「那、那真是太棒了呢！可是，怎麼會有店員？生物不是只有準精靈而已嗎？」

「沒問題，他們就像機器人一樣。」

「還有錢——」

「在這個世界，把錢拿來擤鼻涕，人家都嫌硬呢。」

「真是瘋狂的世紀末！」

空無明明沒有記憶，卻接二連三如濁流一般吐出莫名的知識。

○「操偶師」

走出家門，門外站著人偶。右邊穿著紅色，左邊則穿著以藍色為主軸的哥德蘿莉裝。從手上拿著小提琴和長笛的狀況看來，搞不好會演奏。

「妳們好。」「妳們好。」

聲音高亢，非常有人偶的味道。

「你們好。」空無有禮貌地回答。

「什麼事？」

反觀狂三，則是一副沒好氣地回應。不過，人偶面不改色地告知：

「昨天的戰鬥中，乃木愛愛、指宿帕妮耶、佐賀繰唯，分別被時崎狂三、雪莉·姆吉卡和蒼殺死了喔。」

雖然早就知道這件事，但聽到被殺死這種話還是會感到心痛。指宿帕妮耶是那個外表年幼、抱著洋娃娃的女孩。佐賀繰唯……記得是第一個衝出去，像忍者的女孩。

「這是英勇戰鬥獎的獎牌。」「請收下。」

「……不用了。」

狂三十分不耐煩，幾乎就要把人偶踢飛。空無以她的說話語氣如此判斷。不過短短一日，空無有些訝異自己已經能開始理解狂三複雜的情緒表達。

「這樣啊。」「真可惜。」

「今天應該能讓我們見識到精靈真正的力量吧。」「真令人開心。」

單調又高亢的聲音──連空無也稍微湧起一股無以名狀的情緒。

「……是的。前哨戰也已經結束了。」

「今天妳一定會被盯上。」「請做好心理準備吧。」

「是啊。」

狂三的眼神有一瞬間變得無比慈愛。等空無意識到時，狂三已手持手槍。

「這把槍──」「是怎麼回事？」

「不過是精靈一時興起罷了。下次選擇討喜一點的人偶吧，支配者大人。」

人偶立刻試圖跳到後方，但為時已晚。若要舉出兩人的死因，大概就是靠災厄太近了吧。

至少選個只有聲音的生物，或許還能免於一死。

兩具人偶相繼粉碎，醜陋的屍體拋露在外。

「唔唔，一大清早就看見討厭的東西。」

人偶就是人偶，即使粉碎也不會血肉橫飛。

只是，看見外表為人類的物體粉碎，心情怎麼可能好得起來。

「話說，妳搞成這樣，不會挨罵嗎？」

「就算挨罵，對方也拿我沒轍。因為我是精靈啊。」

走吧。狂三如此說道，邁開步伐。空無朝毀壞的人偶雙手合十，碎唸「南無阿彌陀佛」後，連忙追上狂三。

兩人悠閒地走向購物中心。

沒有襲擊。空無當然擔心自己受到牽連而被殺死，但她更擔心自己的左手。

所幸並不會感到疼痛。只是，從剛才起就一直忽隱忽現。她忍受著奇怪無比的失落感——只能一個勁地忍耐。

「狂三有想要在購物中心買什麼嗎？」

「沒有什麼特別想買的。我對打扮沒什麼興趣。」

「是喔，真可惜。虧妳長得那麼漂亮耶。」

空無說完，狂三瞪大了雙眼——然後打從心底愉快地呵呵輕笑。

「是的、是的，妳說的沒錯。我是美少女呢。」

如此說完，可能是覺得更好笑了，只見狂三掩住嘴巴。

……算了，她開心就好。

空無極力朝向前方，將視線移往已經稍微能看見的購物中心。

購物中心覆蓋著淡粉色與白色的馬賽克磁磚，外觀令人聯想到童話中不可思議的城堡。只要前往那座城堡，任何人都能變身。感覺它正在對妳招手說：每個少女都能夠變成灰姑娘喔。

「那是城堡嗎……？我怎麼看都像是墓碑。」

「聽、聽妳這麼一說，還真有點像！不過，這是我們接下來要去的地方，可以不要讓我聯想到不吉利的事情嗎，妳這混帳！」

看起來確實也像墓碑沒錯。宛如奉獻給國王的巨大墳墓，如此一來，偷偷潛入的自己和狂三就是盜墓者了吧。

狂三笑了笑，說道：

「這個第十領域原本就是某個精靈的領地。那麼所有人都是非法入侵者嘍。」

「啊，對喔。如果妳是精靈，應該認識其他精靈吧？」

狂三僵了一下，動作緩慢地搖了搖頭。

「很遺憾，我完全不認識其他精靈。」

「咦……」

構成這個鄰界的是精靈。據說時崎狂三是其中一名。隨心所欲地打造出一個世界，究竟是什麼樣的心情呢？

空無在腦海裡大致想像出一個創造出無人世界、無人城鎮的少女。

因為畏懼精靈巨大的力量，沒有人敢侵入這個世界。那簡直就是莊嚴的聖域，閃耀著白色光輝的鋼之城鎮。

「想必很寂寞吧。」

空無心有戚戚焉地如此呢喃。

◇

○土方征美

　土方征美是那種過去的記憶忘得一乾二淨的準精靈。通常少女們多多少少都會在意自己的過去。

自己在另一個世界過著怎麼樣的生活？大多數的準精靈都想知道。即使是透過戰鬥追求自己存在的少女也一樣。像雪莉一樣渴求甜點，或是像武下彩眼一樣尋覓書籍。

每個人追求的東西有所不同，但那是連結遙遠的彼方與此地唯一的方法。

土方征美並未追求那種困難的事情。

抵達這個鄰界後，她知道必須靠砍人才能在這個世界生存下去。

所以，她就砍人，如此而已。

不需要用餐、睡眠、打扮，更別說娛樂。

因為沒必要，既然如此，倒不如揮劍來得好。甚至懶得修行，征美砍著砍著，突然停下。

——哎呀，自己該不會有問題吧？

原來如此，難怪沒有人願意親切地找自己攀談，難怪熟人一個一個消失。

因為自己不停在殺人，那也是理所當然。

想要朋友。不，並不想。不要產生欲望。反正遲早只會變成殺人與被殺的關係。

她開始覺得有點寂寞。除了殺人，什麼都不會的自己有點可悲。

……不過，面對實力堅強的準精靈，還是怎麼樣也無法抑制自己雀躍、緊張、興奮的情緒。

所以，土方征美喜歡武下彩眼。儘管明白對方討厭自己，但自己還是喜歡她。並且，既然都要一戰，她希望最後能跟武下彩眼廝殺。

雖然有與她一樣強的準精靈。

雖然肯定也有比她更強的準精靈。

但是一直交手至今的她，無論如何都是例外。

所以能與她聯手，令自己鬆了一口氣。

「好，我們兩人一起幹掉那些傢伙吧！」

「哎呀？要連累那個可憐的空無姑娘嗎？」

彩眼皺起眉頭。該怎麼說呢？這方面她還滿理智的——征美這麼想。乍看之下很冷酷，其實內心很善良。征美認為她跟自己這種始終卑劣地揮著刀的粗暴浪人不同。

「是啊。因為那傢伙是敵人啊。」

征美滿不在乎地直言。區別敵人與同伴的速度極快。沒有同情的餘地，只有視為敵人斬殺。

這就是征美的做法，生存下來的方式。

所以，只要彩眼一有隙可乘，征美依然會毫不猶豫地砍向她吧。她早已是敵人，只是現在剛好不殺她罷了。

不過，與征美在戰場上閒話家常，對彩眼而言是在這殘酷世界中最大的救贖。老實說，可說是因為有那些輕鬆的閒聊，彩眼才能活到現在，儲存靈魂結晶，越變越強。

準精靈沒有夢想便無法存活。那麼，彩眼的夢想是——期盼總有一天，手上沒有拿著無銘天使，在舒適的陽光下與征美談天說地。大概就只有這樣吧。

若是被現實主義的征美聽見，應該會罵自己無聊，一笑置之。

在殺人之前、被殺之前，至少想把這件事告訴她……彩眼如此心想。

（……不過，即使如此還是斷定要殺死她的自己是不是有病呢？）

說了那麼多，其實還是不想死的自己簡直愚蠢至極。

不過，她也知道征美會再三提起。

「反正都要面對，我希望最後的最後能跟彩眼妳廝殺！」

「是是是……我也這麼希望。想享受廝殺的樂趣，直到最後。」

征美瞪大雙眼。彩眼覺得她的表情有些可笑。

「好了，走吧。那兩人已經到了購物中心，正在玩耍呢。」

「也對！嗯……走吧。管她是精靈還是準精靈，反正都是要凋謝的命運。打起精神來吧——〈墮天一箇神〉！」

◇

走進購物中心後，奇特的情景擴展在眼前。有店員。只是，店員像人體模型一樣，有臉但沒有眼睛、鼻子，嘴巴只有輪廓，耳朵也沒有接收聲音的耳洞。

就像人體模型一樣，應該說——

「這根本就是人體模型嘛。」

『歡迎光臨，需要什麼嗎？』

「你好，我想要買衣服。可以幫我推薦嗎？你看我，就像這樣純白，純淨又潔白的感覺。我想要改變形象，看起來稍微幹練一點的服裝——」

『歡迎光臨，需要什麼嗎？』

「……他就只會說這句話喔。」

空無眼神陰沉地看向狂三。狂三將手抵在脣瓣，優雅地嘻嘻嗤笑。

「妳可以再繼續演那愉快的獨角戲，演久一點沒關係喔。」

「誰要啊！」

空無端起肩膀，走進一家醒目的商店。

（欸，妳覺得哪一件好看？）

（挑哪一件都行吧？）

（別這麼說嘛，我希望妳幫我挑適合我的衣服！）

……輕微的耳鳴令狂三皺起臉。原本已經遺忘的記憶再次甦醒，令狂三的頭緊縮得發疼。

「不好意思，狂三，妳覺得這件適合我嗎？」

空無穿著內衣褲衝出來。狂三見狀，不禁嚇了一跳。

空無天真無邪地朝狂三微笑，令狂三感到些許不耐煩與罪惡感。同時，那張笑臉也不禁擾亂狂三的心。

「……啊……哪一件……都好吧。」

「妳這樣說，讓我很困擾耶……畢竟我沒有記憶，不知道哪一件適合自己。」

空無繼續拿各種款式的內衣比較。狂三嘻嘻笑了笑，壞心眼地告訴她：

「那一件滿適合妳的吧？很孩子氣。」

「哪、哪壺不開提哪壺啊妳！給我等一下！」

空無選了一套十分成熟的內衣褲，到試衣間快速穿上，一把拉開簾子。

「怎麼樣啊，狂三……什麼！」

狂三也早已脫下衣服，光明正大地穿著內衣褲站在眼前。

「妳有什麼話要說的嗎？」

上下都是以黑色為基調，布料面積極小的內衣褲。雖說是黑色，但內褲側邊是綁帶設計，透視的部分也很多，算是只遮住重點部位，接近全裸了。

用一句話概括，就是妖豔。絕對不是高中生能散發出來的女人味，也不是高中生能穿的內衣褲。臀部，包含透視的部分在內，幾乎一覽無遺。

話說，全裸搞不好還沒那麼性感。空無如此心思。不進試衣間，大大方方直接在店裡脫衣服也令人不敢恭維。而最後一個問題，她實在忍不住想要發問。

「那個，我可以問妳一件事嗎？」

空無舉起手。穿著內衣褲盤起手臂的狂三點頭。她那桀驁不遜的態度，即使只穿著內衣褲也依然沒有改變。

「可以，想問什麼儘管問吧。」

「又沒有人要看，妳穿得那麼性感，是哪根筋不對啊？」

要是讓青春期的男生看見這副模樣，保證會立刻化身成大色狼吧。

換作是女生應該也會大受衝擊。

「內衣是女性的武器。身為淑女，怎能駕馭不了這種程度的內衣褲呢？」

「我覺得淑女應該不會穿這種類型的內衣褲……不，沒事。」

不知為何，空無感覺自己輸得十分淒慘。

「是我贏了。」

狂三若無其事地如此低喃。

◇

「——啟動。第一、第二、第三射準備。裝填。測量。〈原初長弓〉。」

挑空設計的購物中心，一名準精靈開始降落。

目標是在二樓的女裝店悠閒地換著衣服的空無與時崎狂三。

而另一名準精靈則是慎重地鎖定目標。

當然，她的目標跟降落的那名準精靈一樣。兩人本來就不能被看見彼此掩護的合作關係。

既然如此，就乾脆兩人同時狙擊狂三她們，只要有一方能殺了她就好。

單純的戰力是兩倍，加上彼此不會互相殘殺，因此更提升了戰力。

當然，其他四名準精靈——雪莉、砺波、蒼、佛露思可能會來攪局。尤其是雪莉和砺波，應該會精明地準備奪取獵物吧。不過，如果她是那種害怕風險而不敢行動的個性，就不可能活到現在。

「人生苦短，生命短暫，如曇花一現！應當不後悔、不猶豫！」

她笑著舉起自己的無銘天使。

◇

與其說在精品店購物，更像是單純試穿完畢的狂三和空無在購物中心信步而行。空無幾次叫住狂三，想逛某家店，卻一再慘遭狂三漠視。

「真是的，狂三，妳是怎樣啦！」

「我們可不是來這裡玩的。」

「咦，那是來做什麼的？」

狂三手持老式手槍，望向空中。

「為了被埋伏。」

狂三原本就是為了戰鬥才來到購物中心。她昨天調查出剩下的六名準精靈中，有四名準精靈各自兩兩聯手。

而她敢確定蒼和佛露思絕對不會和別人聯手。

狂三徹底調查過了。昨天已經舉辦超過十三次的十人廝殺競賽中，參賽者是怎麼樣的準精靈、什麼樣的靈屬、站在什麼樣的立場，是以什麼樣的心情挑戰這場戰役，她知道得一清二楚。

「時崎狂三很弱」。不，她當然不可能真的很弱。當她身為精靈，就已經跟其他準精靈不在同一個級別。即使如此，她還是很弱。

手上能拿的只有一把手槍；能夠使用的能力，只有包含【一之彈】的些許力量。除此之外，就連神威靈裝・三番也難以說是十全十美。外表看起來是很體面，但究竟能承受多少準精靈們的激烈攻擊則是不得而知。

她這副身軀沒辦法再執行更多作為。

不過，這原本就是她的生活方式。忍耐、調查、鎖定目標，將對手徹底逼入絕境來存活。

要來了。狂三的直覺如此呢喃。

這間購物中心是挑空設計。因此若要發動奇襲，兩人走在外側的這個時間點正是絕佳機會。

她們不可能會錯過這個機會。

她望向降落的準精靈。表情鎮定，並不感到驚訝。一如所料，一切都在她的預料之中。

沒錯，如她所料降落而下的人是——

「〈原初長弓〉——【螺旋矢(Spira)】！」

「妳好呀，武下彩眼小姐。我要稱讚妳沒有在淑女換衣服的時候襲擊。」

狂三朝降落的武下彩眼微笑，亮出已經將手置於扳機上的手槍。

交錯僅一瞬間。

彩眼儘管對被看穿一事感到驚愕，依然射出箭。箭矢宛如來福槍子彈一邊旋轉一邊前進。雖然代價是因此犧牲了速度，但它的破壞力能夠貫穿靈裝——

狂三只微微仰了一下身體便躲開了攻擊。

「唔…………！」

其他箭還能單純以靈力提升速度，但利用膛線增加威力的【螺旋矢】如果用靈力增加速度，則會讓座標產生偏差。速度提升得再高，沒射中目標就毫無意義。

不過，彩眼的任務原本就是將狂三困在這一樓的這個場所。

她在空中緊急煞車，接二連三不斷射箭。

「呀啊啊啊啊啊啊啊啊啊啊啊啊啊啊啊啊！」

發出尖叫到處竄逃的是空空如也的少女，空無。

狂三則是處變不驚，抓住女裝店的衣架，扔向彩眼。

無數的衣服飛舞在空中，遮蓋住彩眼的視野。一聲槍響。狂三可能也沒瞄準好吧，子彈甚至沒有掠過對方的身體，反倒暴露了她的位置。

正巧在「有效攻擊範圍內」……！

「征美，趁現在！」

彩眼高聲吶喊。隨後，一聲轟然巨響，土方征美擊碎遙遠的五樓地板，穿梭而出。

「〈墮天一箇神〉——————！」

天真無邪，宛如怪獸的咆哮，踢散周圍一帶的非凡暴力。土方征美的無銘天使並沒有什麼特殊的能力。那是純淨無邪的斬擊化身。不斷砍殺到底，不容許任何閃避、防禦的斬擊結界。

就算是精靈，也不可能毫髮無傷。

「——呃，人咧！」

「咦……！」

聽見征美錯愕的聲音，彩眼僵在原地。在她思緒混亂時，突然想起那道槍聲。

對了，她好像——「能透過射擊自己得到力量」！

「彩眼，她在哪裡！」

「我正在找——」

彩眼不經意地望向上方。張開雙臂的時崎狂三正朝這裡落下。

「上面……！」

彩眼大喊後，立刻發現她看錯了。落下的只是和時崎狂三穿著同樣服裝的「人體模型」！

她想立刻大喊「剛才說錯了」——但她發現征美聽見自己的聲音後，「正仰望著上方」。然而，更大的問題在於——

「後——」

少女從征美的影子爬出。要打倒征美的斬擊結界，大致分為兩種方法。

一是從結界抵達不了的距離，用強大的破壞力擊破結界。

二是根本不讓征美執行斬擊。

「給妳們一個忠告……妳們應該更重視『聯手』這個詞彙的意義。」

即使再了解對方，由衷互相吸引。

那與聯手攻擊這種行動是兩碼子事。必須經過無數次練習、無數次商量、無數次失敗，才能增加力量。

一加一等於負數，這種情況一點也不稀奇。

「唔，啊，啊啊啊啊啊啊啊啊啊啊啊！」

征美一回頭，立刻打算砍殺從影子爬出來的東西。然而，她的表情卻充滿難以言喻的悲愴。

是因為本能理解到已經「來不及」了嗎？抑或是——

一聲槍響中斷了思考。

不偏不倚地射向靈魂結晶的一擊。頹倒的少女，眼中的生命光輝瞬間被奪去。

「征、美……！」

——然而，征美卻緊抓住狂三不放。

「射……快射啊啊啊啊啊！」

彩眼毫不猶豫，以人生中最專注的集中力，凝聚最完美的一擊。

「〈原初長弓〉——【螺旋矢】！」

那一瞬間，發生了連狂三都無法預測的現象。

地面搖晃。空無發出尖叫（有哪一次不是），征美和狂三的臉色改變。

「『鄰界編排(Compile)』……竟然在這種時候！」

鄰界已沒有精靈的身影，然而精靈的威儀卻不斷為人所道，正是因為她們存在於另一個世界，但偶爾也會給鄰界帶來莫大的影響。

不知道什麼時候，何種時機發生，也無法預測規模會產生何等變化。

……根據其中一項說法，會在精靈情緒嚴重起伏時發生，但那也並不一定。

大地崩裂。

黑色柱子蹂躪世界般聳立。柱子上開始冒出無數如劍一樣尖銳的刺。

看來這次的改變是因為精靈「心情不好」。

「好痛！不行，等一下……！」

快崩塌的地面傾斜，空無逐漸滑落。前方是挑空處，剛才空無一物，如今卻冒出黑色柱子。

「呀啊啊啊啊啊啊啊啊！」

空無高聲驚叫，與狂三四目相交——狂三被征美抓住，動彈不得。即使如此，空無還是反射性地朝她伸出手。

空無冷靜的思緒對她說：

「不可能得救吧。」

她明白，她清楚得很。但是自己是十分弱小的生物，還是會不由自主地伸出手。

「妳————！」

難以置信的事情發生了。

狂三伸出不可能搆到的手。她的眼神有些動搖。向下滑落，落入死亡洞口的空無，看到這一幕似乎便心滿意足。

多麼容易滿足又善感的心啊。

只不過因為她朝自己伸出手——

墜落。

空無心想，宛如過去「剛誕生」的時候。

馬上就要撞擊地面，希望這高度能立刻死亡。撞到頭會死得比較輕鬆吧。她思考著這種事情，閉上眼睛。應該馬上就要撞擊了，最壞的情況是要死不活。一直痛得要命，一定很難受。快要撞上了。怎麼可能做好心理準備？她怕得要死，想哭得不得了。馬上就要撞上了，照理說，應該是要這樣才對。

「奇——怪？」

無論過了多久，都沒有感受到衝擊。她戰戰兢兢地睜開眼。

然後，這次空無真的嚐到了無與倫比的衝擊。

「怎麼會……！」

只不過是墜落，怎麼可能會喪命？狂三明白空無沒有死，頂多只會發生衝撞，感到些許疼痛吧。不過，那些刺就麻煩了。

那些刺，就好比精靈心中描繪出來的景象。有許多準精靈被困住，無法歸來。若是正面情緒所形成的物體倒也就罷了，如果是負面情感——狂三向下窺探，果不其然，不見空無的蹤影。

征美已經斷氣，而彩眼尚未振作起精神。但或許是她身為戰士的本能，倒是已經將箭搭在弓弦上。

不過，狂三的手槍快了一步。

槍聲響起。

彩眼的靈魂結晶被射穿。

「唔唔——！」

開始正式崩落，而且熊熊的火焰像是來湊一腳似的，從上空傾瀉而下。

「……正如我所料，只是來的時機太不湊巧了。」

狂三的雙眸確切地捕捉到第二組襲擊者。

——雪莉．姆吉卡，以及砺波篩繪。

「長相可愛，卻是最不容小覷的兩個人……只能逃跑了呢。」

這一戰並非無法戰勝。時崎狂三的力量是無所不能，而且用途廣泛。就連只能使用兩種能力的現狀，也能樂觀地預見「船到橋頭自然直」的未來。

不過，狂三明白那是在下賭注。

就算自己是冠軍候補，確信自己不會敗北，戰爭的結果誰也說不準。

在購物中心一戰中，她預估自己一定會勝利。發動奇襲的武下彩眼，以及想必會與她聯手的

勁敵土方征美。

彩眼一打暗號，征美一定會從上、下、左、右的某個方向出現。

她的斬擊結界可說是無懈可擊。為了閃避這項攻擊，狂三只能用【一之彈】加速，拉開距離逃跑。

彩眼應該目睹過自己在與乃木愛愛一戰中使用過那發子彈。

所以彩眼將視線從征美身上移開，觀察周圍的狀況。於是，狂三事先讓人體模型穿上與自己類似的服裝，將它踢上空中，使彩眼誤認那是自己。

所有事情只發生在一瞬間，為了徹底欺騙對方，也為了將另一種力量隱藏到底。

時崎狂三決定撤退。

……空無還回得來嗎？很少有準精靈被那些刺困住還能脫身。

失去她很可惜——狂三如此心想。儘管那是非常自私、自欺的願望——

別想了。現在該思考的是其他事情。「她」差不多該行動了。

即使擁有精靈之力，也不確定能否戰勝她。

不，非戰勝她不可，無論如何。否則——永遠無法得到救贖。

「……征美……」

靈魂結晶破碎，彩眼明白自己戰敗。悔恨、絕望，以及有些豁達的感情迸發而出——但她卻只能流淚。

她曾懷抱著微小的希望，也許有一天自己將不再與征美交戰，兩人無憂無慮地談天說地。

自己為何捨棄了這個夢想呢？

「……希望下次我們不是敵對的關係。」

彩眼如此呢喃，閉上雙眼。

「——那個夢想，我幫妳實現。」

臨終之時，彩眼後悔不該呢喃出自己的願望。

◇

○□□□□

睜開眼睛後，那裡是學校的教室。只是，模樣跟昨天造訪的教室不同。校舍老舊，感覺比昨天的教室更有親切感。不過，有一個問題。

教室幾乎半毀，書桌不是全壞就是倒在地上；椅子則是全失去了讓人坐的功能。

那令人莫名感到悲傷。空無心想——然後感到驚愕。

手不是自己的手，穿的不是剛才的白色連身洋裝，戴著像護手一樣的東西。不只如此，還自己動了起來。

就像夢中的自己擅自行動那樣。

某人（我）正在動。

教室的門被拉開。雖然不是出於自己的意志，還是反射性地將視線移向那邊。

彷彿頭蓋骨遭到強烈的毆打，心臟被插進一把鋒利的刀刃一樣。

那樣類似疼痛的衝擊竄過全身。

眼前所見的，是一名與自己年紀相仿的少年。帶點藍色的黑髮、修長的身材，眼神透露出隱藏不住的恐懼。

自己隨意釋放出攻擊。門和後方的玻璃窗被震飛，少年的臉頰沾上鮮血。

（不行！）

大聲吶喊。恣意肆虐。這是夢，還是現實？這種事情一點也不重要。

可是，他不行。「唯獨他，絕對不能有什麼三長兩短」。

所幸剛才的一擊只掠過少年的身旁。臉頰受了一點輕傷，但這樣已經讓心如刀割疼痛。

「——住手。」

話語擅自脫口而出。不，並非如此。自己並不是自己，只不過是借用了別人的身體罷了——空無如此確信。

因為聲音跟自己截然不同。雖然體格和胸部沒什麼差別，但聲音和手指不一樣，衣服也不同。最重要的是，自己感覺到那並不是自己。

……少年，並沒有逃跑。

他怎麼可能不害怕？仔細一看，他的腳正在發抖，腿也有點軟，眼神帶有膽怯之色。她勢必能像摘花一般，輕而易舉地殺死少年吧。少年也十分清楚這一點。

但他沒有逃。

他的眼神如今散發出堅定的意念，而非膽怯之色。那並非身為男人的骨氣。

而是為了守護某種更重要的東西，一步也不退縮。

開始聊一些無關緊要的話題。少年自我介紹。奇怪的是，自己並沒有聽見他的名字。不過，應該不重要吧。

重要的是他這個人，名字只不過是附屬品。

連名字也沒有的少女空無不知為何如此思忖。

「我……！我是為了跟妳說話……才來到這裡！」

「我想，和妳，說話。」

「我——不會，否定妳。」

那一字一句就像甘霖滲透進心中，也像子彈貫穿了自己。

正在哭泣的是她自己，還是附身的那名少女呢？連這一點也不得而知。

想和他說話。空無深切地想像她一樣和這名少年說話。心中燃起熊熊烈火，旺盛得幾乎要將心燃燒殆盡。不過，那是絕不會消失的火焰，也是傷痕。

自覺到這一點的瞬間，老實說，她甚至對附身的那名少女懷有殺意。

「為什麼不是自己？為什麼是她被選中？」

「———十香。」

而她終於跳脫了空空如也的少女身分。

本來應該同樣沒有名字的少女有了十香這個名字。是少年幫她取的。

多麼單純的道理啊。既然忘記了舊有的名字，只要請別人取一個新的名字就好。

就只是如此簡單的一件事。

她接受了那個名字。她自豪地說：這名字真好聽。

眼前一片朦朧，看不清。

伸出手。即使再怎麼伸長手，也搆不著這名少年。永遠搆不著。甚至有這種感覺。

討厭。唯獨這一點不行。還聊不夠，還想跟他說話，還想看見他的笑容。不是她，而是「自己」——！

高聲吶喊，咆哮，淚流不止。自己十分明白。即使失去記憶也忘不了這種感覺，怎能忘記？

如熊熊烈火，或是如遍布每個角落的水，又或者如巷弄裡的影子般黑暗的情緒，逐漸填滿了空無的自己。

原本空無一物的她，產生了一個明確的目標。

這一天，她愛上了少年————「再次」愛上了他。

◇

睜開眼睛，從夢中醒來。黑色柱子已經消失。看來那只是短暫發生的現象，馬上就消退了。

空無呈現大字形躺在購物中心的一樓大廳。

並未感到疼痛。

她用左手撐起自己，站起來。這麼說來，她想起左手會消失的情況，反覆一張一合。雖然還留著對未來的不安，但一股強烈的感情烙印在她心中。她堅信自己的左手絕不會再消失。

她似乎終於明白其他人說要「擁有夢想」的理由了。正確來說，不是夢想，而是戀愛，但那並不改變她為此想活下去的事實。

鄰界很美，非常美麗。擁有夢想的準精靈或許能像在樂園一樣，永遠開心地生活下去。

如果永遠的少女能夠永遠編織夢想——將會形成多麼美妙的世界呀。

反觀另一邊的世界又是如何？沒有永遠，只有醜陋掙扎的人類存在。

這邊的世界想必要好得多。一定有能如自己所願，不用戰鬥就能生存下去的方法。

不過，這邊的世界沒有那個人。因為他不是鄰界的準精靈，而是在那邊生活的人類。

空空如也的少女空無，愛上了生活在另一個世界的那個人。

想見他，想和他當面說話。她不會說出「只要在一旁看著他就好」這種話。她想緊緊擁抱他，想陪在他身旁，想聞他的味道，想凝視他的眼眸，想牽他的手，想聽他的聲音——

「……說想舔他，是不是太超過了啊？」

好像是。

總之，她腦子裡想的全是該怎麼做才能見到他。

感覺世界變得多彩多姿。雖然不知道該往哪個方向走，但她已經決定哪裡是最終目的地。

這就是我的夢想。

……好了，差不多該將沉醉夢裡的少女模式切換成睡眠模式，來認清現實吧。

「——不好意思，妳可以來當一下人質嗎？」

我，變成了人質。嘿嘿。

經由人偶將口信傳到時崎狂三身邊時，是在購物中心一戰的兩小時後。

「挾持了空無當作人質？」

「沒錯。」

「好吧，我知道了。地點是——哦，是那裡嗎？嗯，也對。我想請你幫我傳達，晚上七點我會到，可以嗎？」

「已經放學了耶。」

「她都被抓去當人質了耶，幫這點小忙才是有用的管理者吧？」

「……別給我找太多麻煩。」

時崎狂三目送人偶離去，輕聲竊笑。

「竟然抓她當人質。這個想法真是有趣呢。」

——笑了一會兒後，冷若冰霜的憎惡充滿狂三的心中。

竟然想出把空無抓去當人質這種有趣的點子。是認為她在我心中占有極大的分量嗎？

……就某種意義而言，倒是沒錯。她真的是必須重視的存在。儘管關鍵時刻，必須做好捨棄她的準備……

那麼，那所謂的關鍵時刻又是指什麼時候？那時自己伸出手的理由，難道不是對她有所「留戀」嗎？

百思不解。

發誓再也不回顧的多餘過去又湧上心頭。不行，還不行。不准心軟，不准被無聊的情感牽絆住。要保持冷酷無情，直到達成目的。桀驁不遜、狂妄自大、藐視一切地笑吧，然後成為與那笑容相配的存在吧。

……無論如何，因為她遭到綁架一事而擬定出了計策。

思考吧，處心積慮吧，為了抵達那女人的身邊，遲早都必須打敗那些敵人。怎麼能在這種地方陷入苦戰？

沒錯，「本來的時崎狂三絕不會陷入苦戰」。她會用這份力量，優雅、妖豔地擊敗對手。

剩下三小時。

時崎狂三潛神默思。

◇

○砥波篩繪

——被霸凌的起因是什麼呢？

對另一個世界的記憶印象深刻的砥波篩繪思忖著這種事。

是因為自己太土氣、太不起眼、隨便應付教唆霸凌的人嗎？還是因為剛好選中自己罷了？

她知道自己的確不起眼又老實，小心謹慎地生活過來。

最初是從偷偷竊笑和背地裡說壞話開始的。

「好俗喔。」「她會錯意了。」「裝什麼乖寶寶。」「正經八百的。」「裝什麼傻妹。」「臭死了（這當然是屬於誹謗中傷那類）。」「髒死了（一樣是誹謗中傷）。」「會散播細菌（以下省略）。」

後來開始被扔紙屑。

雖然有些不愉快，但砳波還是不得已選擇忍耐。沒多久就會停止了吧，其他霸凌事件也是這樣。她如此心想。

然而唯獨這次，霸凌不知為何越演越烈。路過時被人撞肩膀；換教室時，別人告訴她錯的教室；講義被藏起來；書桌每天被人亂寫亂畫。

然後，終於在她被趕進廁所時才決心反抗，一把搶過裝滿水的水桶潑出去，趁對方退縮時，用手上的拖把攻擊三人的臉——這麼做或許是有點太過火了。他們的鼻骨應該骨折了吧，眼球想必也好不到哪裡去，而且本來卑劣的臉變得更醜了。

之後，她不得已逃跑，結果掉入陷阱。到這裡她都還記得。

於是，她開始在鄰界生活。

砳波篩繪對鄰界的生活並沒有任何喜悅、悲傷、寂寞的感受，只是適應「這邊的世界是這邊的世界」。

無法見到父母、同學，她並不怎麼覺得痛苦。

因為不管在哪個世界，她本來就得過且過地生活。
只是……該怎麼說呢？自己有一個身為人類的致命缺點。
那在另一邊的世界是罪過，但在鄰界則是令人尊敬的技能。
砺波篩繪殘忍至極。如果說雪莉．姆吉卡是在惡劣環境下成長的狂狼，那麼砺波篩繪就是天生的猛獸。

○空無（被綁中）

清醒後，眼前出現恐怖的準精靈，兩人偏偏提出要自己（自己對她來說，應該沒有任何價值）當她們的人質。
以上，認清現狀完畢。
已過了傍晚時分，夜幕降臨。換句話說，戰爭已暫時休戰，本應是如此才對。
但不知為何，自己依然被綑綁著。
「……那個，這繩子是……」
「放心吧，不會對妳做出拷問那類的事情。」

砺波篩繪對空無微笑。這樣啊，但現在問題不在那裡。

「是喔，那真是多謝了……既然這樣，我的雙手開始麻痺了，可以幫我解開嗎？」

「那可不行♪」

空無唉聲嘆了一口氣。雙手被用力反綁在後，而且還被吊在鐵柱上。又痛又麻，因為用粗繩綁住，還有點癢。雖然還不到拷問的地步，但處於非常難受的狀態。

「妳如果想要我們拷問妳，也是可以喔～」

雪莉發出爽朗的聲音，舉起鏡片。集中在一點的雷射光掠過空無的臉頰。

「好燙……！呃，剛才超燙的！我的臉、臉頰沒事吧！」

「喂，別傷害人質好嗎？我討厭沒必要的暴力。」

砺波瞪向雪莉。雪莉聳聳肩，毫不愧疚地回答：「這點程度有什麼關係嘛。」

「重、重點是，我的臉沒事吧？我好歹也是個戀愛中的少女，不能傷到臉。」

「算是沒事……戀愛？」

「算是沒事！算這個字，非常模稜兩可又主觀，我懇求照鏡子！沒錯，我正在戀愛！」

砺波與雪莉面面相覷。

「該不會，是愛上時崎狂三了吧？」

「眼光真奇怪。」

「我對那個人才沒有愛意！」
「……那麼，妳愛的是誰？」
「不好意思，我不知道他叫什麼名字！不知為何，我聽不到他的名字！」
「那麼！他長得怎麼樣？是這邊的人？還是另一邊的人？」
空無嚥了一口口水。感覺提到他就莫名感到害羞難為情。
「他不是精靈。那個……不是鄰界的居民！是人類男子！高中生！而且，大概是跟精靈說過話的人……！」
說到這裡，空無止住話語。兩人的表情充滿驚愕。
「……那個，怎麼了嗎……？」
「真不敢相信。妳真的戀愛了呢。」
雪莉說道。她的眼神透露出隱藏不住的羨慕。
「真的呢……」
砺波呆愣地低喃。剛才還冷酷駭人的兩人突然變得像是符合年齡的少女。
「妳們這是……什麼意思？」
——夜色已深。工廠裡快壞掉的電燈發出微弱的光芒，照射著三人。外頭已一片漆黑，杳無人跡。

「那個男生啊，對我們準精靈來說，是一種傳說。」

雖然空無依然被吊在空中，但兩人的態度比剛才親切許多，開始對空無述說。

「傳說……？」

空無歪過頭。雪莉也和善地開口對她說：

「大概是鄰界編排發生的時候吧？妳一定被那些柱子困住了吧？」

鄰界有許多傳說。傳言是少女特有的網絡，立刻就傳了開來，形成傳說，又立刻消失。

不過，也有根深蒂固的傳說。

「起初……據說大概是五年前吧，還有許多精靈支配鄰界的時代。當時被捲入鄰界編排的準精靈這麼說：『我，可能戀愛了。』」

「隨著精靈大量離開，聽見這種話的次數也越來越多。」

「精靈好像在另一個世界生活。不過，當她們內心受到強烈的衝擊，或是發生無比開心的事情時，就會對鄰界造成影響。」

「像是最近發生的事，或是突然想起的強烈過去，各式各樣的事情都會造成影響。受到牽連回來的準精靈看見那些情況……大多會陷入情網。」

「……於是，在探討各種傳聞後得出一個結論，那就是每一名精靈是不是都陷入了情網？」

「陷入情網——……是愛上那個人嗎？『我』的他嗎！」

「已、已經當作是自己的東西了啊……」

「占有欲強的女生應該會被討厭吧？就連毫無戀愛經驗的我也明白這一點！」

「怎、怎麼這樣！怎麼這樣啦——！」

空無原本想抱頭表現出慌亂的模樣，但發現雙手被綁住，只好掙扎著動來動去。不過沒什麼意義就是了。

「啊～～好好好，冷靜一點、冷靜一點啦。」

雪莉隨便安撫。

……比如說，自己以外的某人體驗到那種經驗會如何呢？

找不到夢想、迷失方向，一個弄不好甚至連名字都記不起來，像自己一樣的準精靈。

如果看到他熱誠的表情，聽見他說的話，即使他並不是在對自己說話。如果接受了他真摯的態度。

或許……會陷入情網吧。

砺波露出柔和的笑容，繼續說：

「所以回來的準精靈大多會陷入情網……充滿想活下去的力量，說什麼跟『消失（Lost）』無緣。」

「哈哈，原來如此。難怪我的左手會恢復原狀……」

「原來妳的左手開始消失了啊。竟然讓它復原，看來妳很愛他呢。」

雪莉一臉佩服地點點頭，突然看似落寞地仰望天空。崩塌的工廠全是裂縫，開了一個洞的天花板能清楚看見星光閃爍。

當然，那些星星是假的。只是不斷閃爍，比燈泡還要劣質的玩意兒。

無論再怎麼努力，都像夜鷹一樣，無法抵達星星。

「談戀愛真的那麼美妙嗎？我不太清楚呢，完全不明白。」

「雪莉妳跟我一樣，其實我也搞不太清楚。」

砺波「嗯嗯」地點頭同意。

「我以前一定是生活在一個無暇談戀愛的國家吧。」

「我以前一定很膽小，不敢愛上別人吧。」

兩人同時望向星空。就狀況而言，空無是絕對的弱者。這兩人是知名的準精靈戰士，想必能在一瞬間就將她從這個世上抹去。

差別只在於是被燃成灰燼，還是被千刀萬剮吧。

……不過，空無明知道這份感情是自欺、突兀、天大的誤會，還是這麼認為。

這兩人，真是可憐。

並非指她們不懂戀愛的美妙。即使理解戀愛這種感情，還是有人不感興趣吧。她不否定這一點。也有許多人愛上人類以外的事物，那也無所謂。

「戀愛，究竟是什麼呢，砺波？」

「究竟是什麼呢，雪莉？」

不過，她們兩人應該原本就不懂戀愛為何物吧。

在不明白將微溫的真摯熱情傾注於某人或某物上這種感情的狀態下，便漂泊到了這裡。

因為不明白，所以分辨不出那是如寶石般貴重，還是只是顆石塊。

……那果然還是很可悲。空無如此心想。

啪嘰。

工廠的照明突然接連被擊毀。空無還來不及發出尖叫，周圍便立刻被黑暗籠罩。

「雪莉。」

「嗯。」

相對的兩人只說了這些話，卻立刻切換成別的情緒。

剛才少女般的氣氛已然消失。肯定轉換成符合戰士的表情了吧。

「我先聲明喔。妳要是敢從那裡逃跑，我就殺死妳。」

「當妳逃跑的瞬間，我的戰輪會將妳從胯下到頭頂一刀兩斷。」

「我、我不會逃跑，也逃不掉的，請放心！」

總之，先傳達這句話。

可以感覺兩人慢慢離開……這間工廠乍看之下到處是洞，容易侵入，實則處處設了陷阱。

準精靈中，似乎有人擁有維持、篡改從其他準精靈身上剝奪而來的靈裝或無銘天使的能力。據說她在鄰界四處流浪，販賣剝奪而來的靈裝和無銘天使給需要的人。當然，即使是弱小的準精靈，只要使用那些武器，勢必也能大幅增強戰力。

靈裝能化為捕捉獵物的陷阱，某人的無銘天使也能變成反擊的一招。

……她不太敢想像被剝奪的那方會有什麼樣的下場。

總之，這間工廠充斥著那類的改良靈裝式陷阱。

要是隨意闖入，即使是精靈也會吃不完兜著走。

另外，雪莉與砺波兩人的應對措施既迅速又正確。儘管枯燥乏味，但無比冷靜地朝勝利長驅直入。

無論從哪裡侵入、用什麼樣的方法襲擊，她們都準備好應對的戰術。雖然單純，但下了非常大的工夫——不過，只要完全成功，勢必能成為勝者。

當然，不可能完全成功。準精靈的思考能力也不過跟人類相差無幾。狂三的初步攻擊出乎她們的意料。

時崎狂三支配的是時間和影子，對準精靈來說是無法察覺的隱形領域。

空無是在自己的頭髮被觸碰的瞬間才察覺到她的氣息。狂三從空無被綑綁的柱子黑影中爬出。透過影子進入工廠的狂三幾乎掌握住雪莉她們所設置的陷阱。警戒外側的兩名準精靈，至今仍未發現這件事。

狂三在空無的耳邊輕聲低喃：

「——安靜，別說話。」

「……！」

聽見這句話的同時，她的嘴巴被用力摀住，無法呼吸。

「聽好嘍，我現在要殺妳。妳就努力地去死吧。」

（這是怎樣啊——！）

「好了，少廢話，乖乖讓我殺吧。」

狂三不容分說地在空無的衣服上貼了某種東西，潑了她一身類似液體的腥臭物體。

（好、好腥……感覺像淡淡的鐵鏽味……這是什麼～～？）

沒有回應。狂三和突然現身時一樣，又突然消失了蹤影。

「……嗯？這個味道……」

當雪莉反應的瞬間，空無的身旁響起一聲槍響。

應該說，空無被擊中了。

「啊……唔……？」

脣瓣噴出血液。胸口因衝擊而開了一個洞。

「咦……？」

砺波和雪莉表情啞然地望向被擊中的少女。看見無力垂下脖子的空無，兩人慌亂不已。

砺波衝向空無，抬起她的臉。

「哈啾！」

隨著一個大噴嚏，砺波的臉上沾滿了番茄醬。剎那間，砺波明白了一切，發出警告。

「是圈套！」

雪莉立刻做出判斷，用〈炎魔虛眼〉掃射四周。白天儲存的陽光劃破黑暗。

「找到了……上面，一點鐘方向！」

砺波聽見雪莉的聲音後，望向上方。支撐天花板的鐵樑——佇立著一道黑影。

看見那與黑暗融為一體般的妖魅模樣，砺波頓時啞然無聲。沒有上當固然是好事，但她究竟是何時無聲無息地移動到那種地方的？

難不成是靈裝的能力……還是，這就是精靈的力量嗎？

狂三以高傲自大的表情俯視兩人，如此宣告：

「人質這點子很棒。不過，地點選得太差了。像在表示妳們只能固守在這裡，別無他法。」

沉默。雖然沒有燈光，但雪莉用陽光照射四周，因此並不妨礙眼神交流。

狂三旁邊設置了一個改造靈裝而成的陷阱。利用第九靈屬・聲音的振動，讓對手暫時陷入麻痺狀態。就算是時崎狂三，也會產生片刻的破綻吧。

兩人絕不能錯過那一瞬間。

「趁現在！」

雪莉用力握住〈炎魔虛眼〉，高聲吶喊的同時，砺波則是投擲出〈風聲戰輪〉。

「哎呀、哎呀。」

果不其然，狂三像是被吸入一般跳進陷阱的有效射程範圍。砺波按下開關。零點幾秒後發生爆炸，一陣天搖地動。

狂三停止動作的瞬間，雪莉釋放出所有儲存在無銘天使中的陽光能量。存量為零，傾盡全力的一擊。

然而——

「呀……啊啊啊啊！」

發生爆炸的同時，雪莉驚聲慘叫。循聲望去，發現因聲音振動而陷入麻痺的並非狂三——

「為什麼！」

「在妳們兩人衝向被擊中的空無時。」

「就、就在那一瞬間識破陷阱，移動位置嗎？怎麼會……太扯了……」

「不是，我打從一開始就識破了。而且是從妳們在這裡設陷阱時開始。」

「十天前嗎！」

在這場廝殺開始之前，更早的時候，當時砺波篩繪還沒有與雪莉聯手就已經把這間工廠作為要塞，設置陷阱了。

沒有告訴雪莉的陷阱、機關，甚至是預備靈裝，多如牛毛。

「因為妳很強啊，非常、非常強。會認真地打算陷害對手、讓對方中圈套，圖謀不軌。最好多提防一下。」

即使設再多陷阱，九成以上都是徒勞無功。

她只是慎重行事，慎重到被嘲笑偏執，慎重到被奚落是膽小鬼。那就是砺波篩繪的生存方式

——十分艱辛。

中招的準精靈無不大聲吼叫。

罵她「卑鄙小人」。但砺波認為，中招上當的那方才是「卑鄙小人」。不反省自己的失策，只是將責任推給別人。

但被人這麼說，內心還是有些受傷。

「——沒錯。妳不認為我是個卑鄙小人呢。」

「那是當然。如果竭盡全力想獲勝就叫卑鄙——那麼只有強者才能獲勝了。」

這句話是真心話。狂三真的是如此看待砥波。

（——啊，感覺已經無所謂了。）

真正的敗因大概不是因為陷阱被識破，只不過是被她的讚賞所打動。甚至認為過去忍受那些刺人的壞話，都是為了這一天的到來。

狂三將槍口指向自己。只要用〈風聲戰輪〉擋下，或許還能夠繼續戰鬥。然而，她卻燃不起鬥志。

陷阱被識破，自己反而上當，與其說是戰鬥，分明是單方面被壓著打。

砥波由衷覺得這段時間過得非常充實。

接著覺得自己對不起搭檔雪莉，最後說出一個單純的願望。說完後，比想像中還要難為情，心情卻很舒暢。

「啊～～啊，我也好想談戀愛啊。」

槍聲響起，靈魂結晶粉碎。

然而，砺波篩繪卻欣然接受了那顆子彈。

剩下一人。

狂三將視線移到全身麻痺，至今仍動彈不得的雪莉身上。

「……妳這個……混帳……！」

雪莉以充滿憎惡的眼神瞪視狂三。再過數秒，應該就能行動自如了吧。

狂三如此判斷，毫不遲疑地立刻將槍口指向雪莉。

傳來一聲乾咳。這次露出破綻的不是雪莉，而是狂三。她分心望向空無，沒有扣下扳機。

雪莉．姆吉卡真正恐怖的一點，大概是她執著於生存的精神吧。

多活一秒也好，十秒也要活下去。直到死前，都在思考著生存這件事。

在狂三將視線從她身上挪開，將注意力朝向空無的瞬間，雪莉自覺到了這一點。

機會只有這一瞬間，自己能否生存下去，只能將一切賭在這不到一秒的時間。

硬是縮短幾秒後恢復自由的時間。她全神貫注，將所有靈力集中在自己的右臂，朝空無釋放

〈炎魔虛眼〉。

「咦——？」

令人目眩的陽光奔流。雪莉與呆若木雞的空無視線相交。

雪莉感到有些抱歉，但她想活下去，因為見識到理應空空如也的少女展現出如此熱烈、鮮明的生命光輝。

她認為未來不只有戰鬥、殺戮，肯定還有其他事物，才努力活到現在。

所以——她無論如何都要活下去。為此需要引起混亂，顛覆狀況。

因此她選擇攻擊空無。當然，她麻痺的右臂也的確做不出更多行動了。

而幸運臨降在雪莉身上。狂三露出了不符合她個性的神情，做出令人愕然，可說是亂來的舉動。

猛力伸出的雙手、縱身一躍的雙腳。只要有一絲一毫的猶豫，都將攸關空無的生死吧。因此，狂三沒有一絲躊躇。

空無瞪大雙眼。才看到有什麼東西一閃而逝，狂三就已出現在自己眼前——流著血，失去了右臂。

「……妳真是讓我費心呢。」

「對、對……不起？」

不，現在可不是在這裡悠哉談話的時候。狂三如此心想，露出苦笑。

「沒關係，這是我的責任。都怪我自己大意了。」

狂三隨手扯斷綑綁空無的粗繩。然後，把被切斷的右臂扔給空無。

「……好噁！等一下，妳要把這個交給我保管嗎？」

「拿著吧。必須解決掉那個孩子——還有，好噁是什麼意思？我覺得我的右臂很美啊。」

「不，問題不在那裡，而是身體的一部分斷掉了很噁心！」

狂三漠視空無精闢的吐槽，左手舉起手槍。她原本雙手都能將手槍運用自如。

不過——雪莉已經抵達工廠入口。原本背對著狂三逃跑的雪莉慢慢轉身面向狂三。

狂風呼嘯。

「休想逃。」

「我沒打算逃跑。」

然後，意識到誰先取得攻擊的先機，誰就獲勝。

雪莉鞭策自己麻痺的身體，露出僵硬的笑容。在兩人談話的期間，麻痺也一點一點逐漸消退。陷阱爆炸時所受的傷並不嚴重，照這樣下去的話，應該能馬上恢復力量吧。

反倒是狂三身受重傷，畢竟失去了右臂。雖然是被燒斷的，但正確來說，是那道光線直接擊中背部到右臂的範圍。儘管靈裝減低了幾分損害，但背部卻血流不止。

雪莉想拖延時間，而狂三則是想速戰速決。

正因如此，雪莉才選擇了迅速移動。狂三必須焦急起來。這是戰爭。再拖拖拉拉下去，可能會有其他生存下來的準精靈跑來攪局。

現狀最是危險。

因為剩下的準精靈有兩人。其中一人毋須擔心，佛露思・普羅奇士這種虛有其表的傢伙，輕而易舉就能解決吧。

問題在於另外一人。

碎餅女。雪莉決定在時崎狂三之後收拾掉的準精靈。

如今砺波已死，至少必須恢復萬全的狀態才有勝算——所以雪莉舉起自己的無銘天使，決定分出勝負。

是子彈快，還是光線快？

（我比較快……我比較快……是我！）

綜合麻痺的恢復狀況、對手的傷勢、武器的重量，以及子彈的速度來判斷，雪莉估計自己比較有利。

即使如此——

這還是一步險棋。

雪莉不斷渴求能活下去。

狂三堅持自己絕不能死。

剎那間。

兩人不知有什麼默契，幾乎同時舉起武器。

「聚集吧，〈炎魔虛眼〉——！」

「〈刻刻帝〉——【一之彈】！」

不出所料，〈炎魔虛眼〉的光線貫穿狂三的靈魂結晶——的前一刻，狂三抱起空無，逃到工廠外。片刻後，狂三剛才所在的地方被〈炎魔虛眼〉的光線擊中。

「咦……？」

狂三沒有將槍口指向雪莉，而是指向自己。那肯定是在與乃木一戰中所使用過，以「提升體能」為目的的子彈。

……總之，是保住性命了。

自己——好不容易存活了下來。

不可否認減少了勝利的機會，但至少將那個時崎狂三逼到撤退的地步。

就算對手是碎餅女，也未必會吃敗仗。還有一招是乾脆和時崎狂三聯手。

總之，今天太累了。

洗個澡吧，吃頓飯吧，在溫暖的床上休息吧。然後，願砺波安息吧。希望她下次轉生時，一

定要在另一個世界快樂地生活——

雪莉突然雙腿無力。

「奇……怪……？」

膝蓋竄過一陣疼痛。低頭一看，原來是被一支小型的箭給射中。

「為……為什麼……是誰……？今天應該已經休戰了啊！」

儘管陷入恐慌，雪莉還是舉起〈炎魔虛眼〉。

「沒人說過休戰吧，不是嗎？」

看見現身的準精靈，雪莉啞然失聲，震驚得連戰鬥的精力都一絲不剩。

「……咦……怎麼會……為什麼……！」

少女的身旁還有另一名準精靈。雪莉極其厭惡的繃帶女。

「這不是競賽嗎？制定嚴格規定的那一方又能神通廣大到哪裡去？懲罰根本沒有意義。連這點道理都不懂，活該成為別人的囊中物。」

她大大地張開雙手如此說道。雪莉這才恍然大悟。

「這次有『兩個人』嗎……！」

「笑一個（Smile）！」

她彈了一個響指。

嘻嘻，嘻嘻嘻嘻，嘻嘻——

周圍同時響起笑聲。

看見從黑暗現身的「那個」，雪莉打從心底感到絕望。

◇

狂三和空無老實地回到那間房子後，終於鬆了一口氣。

「繃、繃帶繃帶……」

「不……需要……」

狂三倚靠在玄關的門上，催促空無把她的右臂遞給她。空無戰戰兢兢地遞出去後，狂三便隨意將手臂緊貼住切面。

「接下來用針和線……」

狂三模糊地描繪出針和線的形狀，創造出實物後，緊咬住衣服前襟，強行縫合右臂。

「喂，妳這樣沒問題嗎？」

「妳以為鄰界會有感染症嗎？明明連物理法則都含糊不清。」

「可是……至少到床上躺著休息吧。」

「沒……必要……別管我……」

狂三閉上眼睛。想必是疲勞到達極限了吧。空無放心不下狂三，在玄關緊握住她的左手。

「……妳自己去睡吧。」

「少亂說了啦……真是的。」

空無說完，狂三輕聲竊笑，表情又開心——又寂寞。

「人格這種東西，只要容器改變，就會變得很相似呢。」

「咦？」

狂三依然面帶寂寥的笑容，用左手撫摸空無的頭。不過，可能是意識不清，她的眼神像是注視著空無，又好像不是。

「過去的『我』，曾經的『妳』。即使擁有記憶，只要容器不同就能成為他人。更何況失去記憶，容器還是原來的模樣——妳果然跟以前一樣，沒有改變。」

空無目睹她第二次流淚。

「多麼隨便的存在，多麼馬虎的概念，多麼苟且的……『我』。」

空無想告訴她：妳到底在說些什麼？但狂三像要制止她似的繼續說：

「妳，不是妳；我也不是我。如果是這樣，那麼我的價值、存在意義是什麼？那份激情、那份決心，所有的一切……或許都是幻影。」

吐出的話語可怕得令人毛骨悚然。一切都沒意義、沒價值。

「我累了……真的……好累……」

狂三嘆了一口氣，越來越沒有活力。右手的手指開始消失。

「狂三！」

空無連忙呼喚她，抓住她的肩膀搖晃。

「狂三！不行！妳會消失喔！快回來！狂三！狂～～三～～！」

「……妳從剛才……就很吵耶……別叫我狂三啦……空無……」

空無瞪大雙眼。狂三潤澤的黑髮微微變淡。

感覺發生了什麼致命性的壞事。

「醒一醒啊！清醒一點！妳還有應該完成的事！」

「應該完成……的事……」

「打贏這場戰爭不是嗎！獲勝後，妳有想做的事吧！我不知道妳想做什麼，也不知道那件事是否正確，但有一點我敢肯定！就是我不希望妳死！」

在一切未知的世界，給予自己些微生存方向的是——

「……這樣啊。妳不希望我死嗎？」

我死？」

「不希望！」

「就算我欺負妳欺負得慘兮兮，還拿妳當誘餌，搞不好……最後還會收拾掉妳，妳也不希望我死？」

「……妳如果要收拾我，老早就收拾了。雖然我是真的當了誘餌，而且痛得要命沒錯！」

因為狂三設置的火藥，當時精神還滿恍惚的。據說通常會因為衝擊太大而差點昏厥。

「……真是的……」

狂三搖搖晃晃地站起來。背部的傷已經止血，開始癒合。

「只要放著不管，靠靈魂結晶的力量就能復原。雖然多少需要花一些時間就是了。」

「那個，妳要洗澡嗎……」

「不了。別擔心，我不會消失。因為我想起我還不能消失。」

狂三回過頭來，輕輕一笑。不是落寞的笑容，而是甚至讓人感到慈愛的笑容。

「明天恐怕是最後一天了。最後留下的準精靈非常難纏。」

聽見這句話，空無歪了歪頭。

「……咦？那個，不把雪莉算在內，也還剩兩人吧？」

「另一個不用算也沒差。她是為了敗北而存在的準精靈……沒錯，只不過是個誘餌罷了。」

說完，狂三步履蹣跚地走向寢室。

「那麼，妳說非常難纏的是——」

「蒼。或是被稱為……『碎餅女』的準精靈。」

「餅？感覺有點可愛耶。」

「據說是因為她會把敵人像捏碎餅乾一樣打得稀巴爛，才得到這個稱號。」

「我收回剛才那句話。一點都不可愛，那是怎樣？根本是噁爛的畫面嘛。」

狂三沒有回應，踏著歪歪斜斜的不穩步伐走向寢室。

空無嗅了嗅衣服……有火藥味和血腥味。大部分是狂三的血而不是自己的血。

已經不能穿了吧。空無儘管覺得可惜，還是脫了下來。

順便也脫下內衣褲，立刻走到浴室淋浴，沖洗髒汙。

少女沐浴在水滴下，思考結局。

狂三說的沒錯，明天一切都會做出了斷。即使受到牽連，差點喪命，自己還是像這樣活著。

為什麼要互相殘殺呢？即使提出最根本的疑問，她們也只會回答「反正就是這樣」。對她們而言，生存等同於戰鬥。

……不過，砺波卻渴求戀愛，雪莉也憧憬愛情。

本應空空如也的她，心中確實烙印著他的話語和樣貌。

「那個人」。

據說令所有精靈們都陷入情網的另一個世界的少年。

這時，空無突然想到。「所有精靈」──那麼，時崎狂三呢？

因為她的態度太過超然，以致於自己完全沒想到這件事。狂三是否知道關於那個人的事呢？

她是否知道他有沒有戀人、意中人或是正在交往的人呢！

戀愛中的少女基本上會不顧其他人的感受，只在乎自己喜歡的人。不對，也有人會顧慮吧，

但至少空無不是那樣的人。

淋浴完，她一邊擦乾身體一邊走出浴室。穿上替換的乾淨內衣褲，走過走廊，衝進寢室。

「那個～狂三～～！我有一點事……想問妳……」

飛撲而來的卻是血腥味和蒼白的臉。

「唔……啊……唔……！」

狂三蜷縮在床上，頭抵著床，用力按住右臂，因痛苦而扭著身軀。

「妳、妳還好嗎！」

「……我只是……在接上手臂而已……別管我……」

狂三呻吟著，使盡力氣如此告知。

神經正強行連結起來。凌駕切斷時的痛楚，卻不得不忍痛固定手臂的艱辛。甚至無法暈厥，

除了再忍耐幾小時以外，別無他法。

「那、那麼，該怎麼辦……」

空無不知所措地說完，狂三便搖了搖頭。無能為力。她，還有自己都無能為力。

「……妳不是有話……要問我嗎？問吧。」

「咦？不了。現在問那種話，不是時候……」

「沒關係……我現在想聽……應該可以分散注意力……忘記疼痛吧。」

狂三無力地笑了笑——但偶爾還是會因為襲來的劇痛而皺起眉頭，並且朝空無伸出左手。

那絕對不是表示信賴空無。

也許單純只是因為她感到不安罷了。不過，空無毫不猶豫地握住她的手。

即使再怎麼強悍的精靈，一個人還是會寂寞。大概吧。

「那、那麼……我就重問了。」

空無畏畏縮縮地開口：

「妳知道……精靈愛上的那個男孩子嗎？」

「狂三的表情絲毫沒有改變」。

「……不知道耶，沒什麼印象。」

即使有一股莫名不對勁的感覺，空無還是繼續詢問：

「是傳說所有精靈都喜歡的男孩子，妳真的不知道嗎？」

「……我不知道……妳……看見了……嗎……噢，也對呢……因為妳被……困住過嘛……」

「是的。我想想，是叫鄰界編排嗎？我在那時看到了，另一邊的世界……還有那個人……」

「妳……愛上他了嗎……？」

「大概吧。不對，我肯定……戀愛了。」

空無如此告知後，狂三皺起臉孔，一臉複雜的表情。

「因為，這還是第一次有這種感覺——咦？」

心跳加速，臉頰發燙，心情雀躍，體內莫名有種搔癢、輕飄飄的感覺。

自己為何能確定那就是戀愛的感覺呢？

「……也許，不是第一次呢。」

「咦，那是——」

那是——

那是——有哪裡不對勁，有哪裡怪怪的——空無心想。自己也曾對其他男性抱持這樣的心情嗎？不，等一下，冷靜一點，自己對愛情的想法未免太過堅貞了吧。

「我開玩笑的。」

「啥？」

「妳一定是喜歡上同一個人。不過是再次喜歡上而已。」

感覺原本拼錯的拼圖終於契合。

「雖然我沒有談過戀愛，但我明白類似的心情。不對，雖然不清楚——是否真的類似，但我想大概是一樣的吧。」

呼吸急促。狂三因痛苦而皺起臉，低喃道。

「……那是……」

說到接近愛情的感情——

「……我曾經，有個朋友。對我——對我來說，非常重要的朋友。」

宛如使房間溫度降低的狂三的獨白。

空無靜靜地以沉穩的眼神注視著狂三。

「覺得……很意外嗎？」

「沒有，我隱約有發現了。」

當時，朝墜落的自己伸出手的狂三眼裡注視的不是自己，而是其他人吧。

狂三並非對空無，而是對自己記憶中的某人伸出援手。

這麼一想，雖然有點寂寞……但也同時認為那是無可奈何的事。不對，正是因為她身上有那個人的影子，狂三一開始才會幫她吧。

「是嗎？」

狂三的態度有點迷惘，空無覺得真不適合她。希望她像平常一樣嘻嘻嗤笑，露出比小惡魔更邪魅，宛如大惡魔的笑容。

「請妳像平常一樣咯咯咯地放聲大笑啦。」

「不，我不記得我有那樣笑過！」

「是嗎？難道是喔呵呵呵嗎？」

「……等我右手完全連結起來，妳給我走著瞧吧。」

狂三憤恨地說道。

這令空無有點開心。

「不說這些了。狂三，接著說下去吧。」

受到空無催促，原本鬧情緒的她再次述說：

「在第十領域，確實有許多準精靈為了生存下去而戰鬥，但絕不是全部的準精靈都是那樣。也有一些準精靈只是渴望快樂的生活，就能存在於這世上。」

她像是既懷念又遺憾地回憶道。

「我跟那孩子在一起很開心，她鼓勵、支持當時以為失去一切的我。光是和她一起歡笑、一起生活，就讓我感到滿足。不過——」

狂三的表情從緬懷過去轉變為深惡痛絕。

「她被殺死了。」

「咦……被殺死了……？」

「被捲進這場競賽……戰鬥、戰鬥，拚命地戰鬥——然後，被殘酷地殺死了。不，不只殺死那麼簡單，還遭到玩弄，蹂躪、凌辱、踐踏她的人性。」

「咦，究竟是誰這麼對她……？」

狂三露出充滿憎惡的表情，說出那可恨的名字：

「——『操偶師』。這第十領域的支配者。」

說出這名字的瞬間，狂三似乎連疼痛都忘記了，有的只是不斷伺機以待的孤狼滿腔的憎惡。

「……那、那麼，妳之所以參加這場戰爭，是為了打倒『操偶師』嘍？」

沒錯，記得這場戰爭的報酬是強大的靈魂結晶。狂三聽了空無說的話，輕聲笑道：

「呵。妳真傻呢……『妳以為真的會拿那種東西當作報酬嗎』？」

空無的背脊竄過一股類似嫌惡的寒氣。

「……那麼，大家都被騙了……」

「沒錯。這場廝殺本身就是鬧劇，一場難看的鬧劇。雖然是鬧劇——若不配合，支配者根本不會現身。」

慎重、狡猾又膽小。

支配第十領域的「操偶師」就是這樣的準精靈。

儘管擁有凌駕他人的強大力量，卻絕不輕易現身。出現的是疑似他手下的準精靈。

「那個佛露思．普羅奇士也是其中一人。我已經確認完畢，她根本只是代理的冒牌貨……瞧不起人也該有個限度吧。」

「啊……！」

空無捶了一下手心。

「搞不好有一部分的準精靈已經發現了這件事。不對，就算發現也難以抗拒那個誘惑。而且，她們萬萬沒想到會是支配者率先違反規定吧。」

槍林彈雨的戰鬥、如雷火摧殘的戰場，如烈火肆虐的戰爭——

將生命當作賞賜，讓這個領域的準精靈實際感受到活著的感覺，相信那就是夢想而戰鬥。

所以，狂三認為支配者也是這種人。私下參加戰鬥，體會活著的感覺。

但時崎狂三非常明白。這世界一定有惡意，惡意會輕易顛覆普遍的常識。

即使準精靈必須懷抱夢想，否則便會消失。

還是確實存在想要利用那些夢想生存下去的邪惡。

「那麼，狂三妳是——」

「正如妳所想像的一樣，我是為了報仇而戰。」

「那——感覺——」

空無覺得那是很偉大的動機，但還是感到一股莫名的不對勁。

然而，感覺若是指出這一點，某種關係似乎便會告終。

「……妳的表情真有趣。」

「妳這未免也太失禮了吧，狂三！」

「我是在稱讚妳耶。」

才沒有在稱讚，可說是完全沒在稱讚。

「我是戀愛中的少女。說話請再體貼一點。」

「這樣啊，那要我顯現紅豆飯給妳吃嗎？」

「說來說去……還是語帶諷刺啊……」

空無心想青春期少女的餐桌上是否應該禁止出現紅豆飯。

「那個……妳的朋友，是個什麼樣的人呢？」

「是個有人想向後轉時，就算折斷脖子也要讓對方向前看的人。」

「好暴力！」

「向前、向前，勇往直前。即使疼痛、想哭，也依然向前。卻還是比別人純真，容易受傷，

動不動就哭，我常常安慰她……」

在這個第十領域，戰鬥、廝殺、生存，變強。

那是為了懷抱夢想，不消失所必須的要素。

「可是，那孩子對於懷抱那種夢想的自己，以及讓懷抱那種夢想的其他人消失，感到十分空虛。」

夢想絕對不是能單獨懷抱、單獨完成的東西。

一個人實現夢想的背後，有十名少女因夢想破滅而哭泣。這是理所當然的道理和法則。

「戀愛也是一樣。如果順利與意中人相愛，那麼一定會害喜歡那個人的某人哭泣。真是可憐。也許她傷心得再也不想談戀愛了。」

「……妳說的沒錯。」

空無明白。她明白這個道理。

她也明白——自己的戀情一定不可能實現。

既然所有精靈都愛上他，自己一定落後人家一大圈。要暗戀別人的情人也該有個限度吧。更何況，自己既不漂亮也不強大。

自己空空如也，一片虛無，空無一物。

所以，大概能想像這份戀情會落得什麼樣的結局。

即使如此……

「就算那樣也無所謂。」

吐出口的聲音比想像中來得冷靜。

「失戀一定很難過，但我感覺自己正在活著。光是想起那個人，我的胸口就一陣發燙——現在，只要這樣就好了。」

正在戀愛，現在只要這樣就滿足了。

狂三瞇起雙眼，看似愛憐又疼惜。

「希望……妳的戀情……可以……成功……」

聽見這俗套的話語，空無有點不知該作何反應。

「……謝、謝謝……那個，妳不是話中有話吧……？」

該不會其實是在詛咒自己失敗那類的反話吧。

「我開槍打妳喔。」

狂三不知從哪裡掏出一把手槍對準空無，空無連忙辯解：

「對、對不起。我不認為妳會真心支持我！」

「……哎，也是啦。」

「話說，這裡沒問題嗎？」

「妳這話是什麼意思？」

「呃，既然『操偶師』會滿不在乎地破壞規則，主動攻擊別人，那限定時間根本沒用吧？」

下課鈴聲確實已響，但不代表「不會被襲擊」。

「是啊。所以我設置了誘餌，這個城鎮約四成的住宅都有我的痕跡和陷阱。我知道她的伎倆。妳有發現這間房子不是昨天的那間嗎？」

完全沒發現，甚至沒感覺到任何的不對勁。既然外觀和內部相同，根本不可能知道經過哪一條路。

「奇怪，可是昨天不是被人跟蹤了嗎？」

「當然，我是故意的。『操偶師』會從第二天開始介入戰爭。第一天只是觀察情況，沒必要讓對方產生戒心。既然已經是第二天了，就不得不提防她了。」

「砰」地響起爆炸聲。不是這間房子。似乎是有東西在遠方爆炸了。

「……剛才那是……」

狂三將手指抵在嘴唇。

「看來似乎中招了呢。那傢伙很討厭耗損部下，今天應該不會有事……只能如此祈禱了。」

「祈禱——嗎？」

只能聽天由命了。雖然如此，還是感到不安。要是「操偶師」的部下找到她們的住所，就完蛋了。

「還必須忍耐幾小時。明天勢必會連接不斷地戰鬥。」

忍受痛苦、忍受恐懼，只能一心一意地等待明天到來。

並且消化接連的戰鬥。而且，一名是留到最後的強敵——蒼；另一名是這個領域的支配者「操偶師」。

突然，空無因為某個幾乎確定的想法而打了個寒顫，差點凍僵了她的身體。

誰都希望幸福地活下去。

問題是，即使在旁人眼裡看起來多麼悲慘，除了本人以外無法了解幸福何在，但對本人來說，還是感到幸福。

局外人只能靠一般常識和倫理觀念來推測。

空無是局外人，無法理解時崎狂三對朋友的感情有多深。不過，唯獨一句話她能毫不猶豫地說出口。

「加油……」

時崎狂三認為如果能夠達成這個願望，自己犧牲生命也在所不惜——

「請妳加油。」

空無的鼓勵聲微微顫抖。

「如果妳真的這麼想，就跟我聊天吧。然後，不要比我先睡著——」

狂三如此說道，莞爾一笑。

空無點頭答應，開始說話。即使失去記憶，還是有無止盡的話題可聊。

因為空無正在戀愛。狂三偶爾會插嘴吐槽，但她的表情非常平靜，看起來不像在忍痛。

兩人度過這短短數日以來最漫長又最安穩的時間。

◇

「——唔、唔、唔。唔唔……唉～～」

「操偶師」嘆了一口氣。一踏進房內，改造第五靈屬靈裝而製成的陷阱便連同部下將整間房屋炸飛。兩具高價、貴重、可愛的人偶完全被燒燬，無法再使用。

僅只兩具。雖然只有兩具，但「操偶師」的心靈卻留下了深深的傷痕。她的心情就像是失去自己可愛孩子的母親一樣。

影像切換，映照出呂科斯的臉。「操偶師」自豪地心想：今天也很美麗呢。

〈接下來該怎麼辦？〉

呂科斯說完，「操偶師」思考了一下後告知：

「反應還剩幾個？」

〈有一百六十三間測出靈力反應。恐怕除了一間以外，其他房子都設有這種規模的陷阱。〉

「真是準備周到呢。這不是兩三天就能準備完成的吧。」

〈根據計算，最快也要三個月。要在掩人耳目之下行動，還要多花三個月。合計花了半年的時間。〉

「不，我想恐怕還有其他地方設有這類的陷阱。雖然不爽，但撤退吧。明天再和時崎狂三決勝負。」

〈了解。朱小町，主人就拜託妳了。〉

「知道了。」

呂科斯的影像中斷。

「今天、明天、後天、永遠——這個領域都是我們的。」

雖然戰鬥這種行為十分愚蠢，但勝者為王。

所以重要的是，「在戰鬥前獲勝」。戰爭(DATE)什麼的，簡直愚蠢至極，在開始戰爭之前，「操偶師」就已勝利。

「主人、主人，我們回來了。」

兩具人偶輕飄飄地返回。模仿天使的服裝、背後長出的翅膀，是「操偶師」的自信之作。

「怎麼樣？」

朱小町詢問後，其中一名天使人偶感動不已地扭著身軀。

「我還是第一次到第六領域。」

「好厲害喔～～」

「對吧～～」

「……有收穫嗎？」

面對朱小町的提問，天使人偶點頭稱是。

「當然有。因為我收到命令，除非掌握到什麼資訊，否則不准回來！」

「所以說，我們有可能無法回來嘍！」

「很可怕吧～～」

朱小町不耐煩地用手上的扇子敲了敲天使人偶的頭。

「……少廢話，快說明。」

「好的～～」「是是是～～」

天使人偶滔滔不絕地開始提示蒐集到的情報。「操偶師」的表情立刻轉換成滿足的笑容。

「這樣啊，果然沒錯。辛苦了，你們可以退下了。」

天使人偶歡欣鼓舞地離開房間。

「時崎狂三，要怎麼處理？」

朱小町說完，「操偶師」吐出一口安心的氣息。

「沒問題，反正已經明白她是個隨時都能解決掉的存在。只是，要提防她。問題在於另一個人。蒼現在的情況如何？」

朱小町高聲朗讀剛才收到的報告。

「在草地上睡覺。」

「她難道沒想過會被襲擊嗎？」

「操偶師」傻眼地說道。

「要不然，就是對她自己的實力有自信。」

「……無所謂。反正明天是最後一天了。雖然不確定的要素比平常多一點，但我會讓結局跟往常一樣。這裡是『操偶師』的餵食場，沒有外人插手的餘地。」

◇

自己好像在不知不覺中睡著了——空無睜開眼後，看見狂三正凝視著自己的右臂，不斷將手

掌一張一合。

「妳的手……還好嗎？」

空無戰戰兢兢詢問後，狂三嘻嘻笑了笑。

「還好，好像還過得去。」

「太好了……」

空無打從心底鬆了一口氣。

朝陽照射下的狂三，依然保留著昨天死戰的傷痕和血跡。

「妳有時間沖個澡嗎——」

「……也對，這點時間還是有的。」

「那麼，我去幫妳準備替換的衣服……呃，衣服在哪裡啊？」

「我立刻就來製造。妳幫我放好吧。」

狂三用靈力編織好衣服後，扔給空無。

「了解。那我去泡杯咖啡。」

「我要加三匙砂糖。」

狂三走到浴室不久後，開始傳出淋浴的聲音。空無聽著淋浴聲，將替換的衣服放到洗臉臺，不經意望向狂三。雖然透過毛玻璃看不見她的模樣，但朦朧可見的白皙背部一大清早就莫名性感，令空無開始胡思亂想，連忙移開視線。

她想順便把髒衣服扔進洗衣機洗，因此打算抱起衣服。

事後回想起來，這件衣服原本也是用靈力編織出來的，只要扔掉就好。但狂三應該沒想到空無會打算洗衣服吧。

所以，發現那張照片真的純屬偶然。

抱起衣服時，那張照片飄落到浴室的地毯上。空無以為是便條紙還是什麼的，便撿起來——翻到背面一看，僵在原地。

感覺淋浴聲，一切的一切都逐漸遠去。

如果照片上拍的是狂三，自己應該會不自覺露出微笑吧。如果照片上拍的是狂三和另一個人，自己應該會認為那是先前狂三提到的朋友而感到心酸吧。

然而，照片上卻不見狂三，而是兩個人的身影。一人是髮色帶點藍色的短髮少女，另一人則是和狂三同樣熟識的少女。

空無。

空空如也的自己、失去記憶的自己、軟弱無力的自己。

與短髮少女手牽著手，一臉靦腆的模樣。

「這是……我……？」

假如空無因為看見這張照片而立刻恢復記憶，或許還會發出一聲驚呼。

但她一點感覺都沒有。老實說，頂多只覺得「照片上是一名跟自己長得一模一樣的人」。

但她卻感到驚愕，吃驚得僵住身體。不過——絲毫沒有湧現真實感。

照片上的兩人看起來感情那麼好，但她卻連些許掠過腦海的記憶都沒有。

空無悄悄地把照片放回衣服裡，將要替換的衣服擺在旁邊，走出浴室。

她只剩下一個問題。為什麼狂三會有自己的照片，而且還藏起來？

該說是藏起來……還是說很珍惜呢？

——難不成……

「我跟狂三……不是偶然相遇？」

是這樣嗎？那場相遇是計算好的嗎？……搞不清楚，越想頭越暈。感覺就像在空無一物的櫃子裡拚命尋找一樣可悲。

空無一邊沖泡咖啡一邊呆愣地回憶。可是——對於那張照片還是除了吃驚以外，沒有任何的感慨。

……我那麼無情嗎？神經那麼大條嗎？不對，感覺是有那麼一點沒錯。

我窩囊到把曾經那麼重視的朋友……忘得一乾二淨嗎？

「呼……清爽多了。」

深呼吸。

空無轉過頭，面帶微笑。

「咖啡泡好嘍，加三匙砂糖是吧。」

「對，謝謝。」

空無心想，自己應該笑得很自然吧。

「好了，出發吧。」

「好～～！」

空無姑且將寢室的床整理一番。雖然不會有人用這間房子，但還是需要遵守最起碼的禮儀。

狂三苦笑著等她整理完。

「讓妳久等了，狂三。我們走吧——」

那道聲音特別宏亮，並且十分平常。叮咚，突然響起極為輕快的電子音。不可能響起，也不可以響起的聲音。

狂三已經握緊手槍，而空無只是茫然地凝視著玄關的門。

狂三慢慢打開門。

「……」

出現的是一名沉默不語的少女，背上帶著斧槍。宛如騎士鎧甲的〈極死靈裝・一五番〉——排除之前提起的冒牌貨，名叫蒼的少女是唯一生存下來的準精靈。

「妳怎麼會知道這裡？」

「淋浴的聲音。用靈力搜尋、探查都找不到，但是純粹的聲音不可能完全隱藏住。」

蒼淡淡地說道。空無忍不住戰慄。

她是如何聽見封閉屋內的細微淋浴聲呢？

「哎呀，妳的聽力非常好呢。」

蒼點了一下頭。不知是否對狂三的誇獎感到害羞，只見她潔白的臉頰染上些許紅暈。

「那、那個，妳的目的果然是……」

「因為活下來的只剩妳一人了。」

蒼凝視著狂三，淡淡說道。

「哎呀，不是還有另一位名叫皮羅士奇之類的小姐嗎？」

「她不具任何意義。」

蒼還是淡淡地排除了她。之所以不具任何意義——是已經知道內情了嗎？

「那、那個，蒼小姐。」

「……？」

蒼瞪了空無一眼。她的眼神充滿殺意，明顯跟狂三談話時不同。

「噫！為、為什麼要瞪我啊？」

空無害怕得發抖，蒼便立刻一臉抱歉的模樣。

「對不起。自然而然就……所以呢，妳要幹嘛？」

「沒有啦，只是想問妳能不能幫忙。呃——不能和我們一起對付支配者嗎？」

「不可能。」

蒼二話不說地拒絕了空無的提議。然後指著狂三，十分肯定地說：

「這個人會在背後反過來捅我一刀。」

空無氣憤地大喊：

「才不會那樣！才怪呢！我敢拍胸脯！但不敢保證！」

「妳給我說清楚喔。」

狂三忍不住吐槽。

其實，空無相信狂三百分之百會在背後捅刀，而狂三也明白這一點。蒼也毫不懷疑地相信狂三會那麼做。

「看來大家都心裡有數，真是太好了呢！」

「就是說呀。」

「地點在哪裡？」

也就是說，她似乎是在問要選在哪裡決鬥的意思。

「離這裡遠一點比較好……」

蒼大大地點了頭。

刺眼的晨光令空無瞇起雙眼。狂三走在前頭，其次是蒼，空無則走在最後方。

狂三突然停下腳步。要在這種住宅區的正中央決鬥嗎？空無打算躲到電線桿後頭。

「……有何貴幹？」

狂三瞪著空無躲藏的電線桿上方。空無跟著仰望天空後，看見「操偶師」的人偶緊抓著電線桿。

〈沒事沒事～～只是來看熱鬧，別理我。〉

蒼頭也不回，隨手抓住背後的斧槍，垂直揮向空中。

電線桿和人偶便化為粉碎。如字面所示，碎裂成粉。而粉碎的人偶撒落在空無的頭上，空無發出「呼呀！」的哀號聲。

「礙眼。」

蒼瞪向虛空，大概是施展光學迷彩之類的招式，突然有幾具人偶畏懼般出現，慌忙逃走了。

「幹得漂亮。」

「嗯。反正在我們打鬥的時候，她們還是會靠近吧……」

聽見狂三褒獎的話，蒼正打算回應時卻啞然無言。

狂三消失了蹤影。

「怎麼了嗎……？」

轉瞬間，狂三便從蒼和空無的眼前消失無蹤。

「跑到哪裡去了……！」

蒼一臉慌亂地四處尋找。在住宅區的正中央十字路口旁消失蹤影，實在非常不明智。

但是，空無知道她消失身影的方法。

（是影子吧……）

時崎狂三潛進影子之中。哪怕是一瞬間，只要將視線從狂三身上移開，想必她都能立刻發動影子，隱藏蹤跡。

蒼瞪向空無。

「噫！我、我什麼都不知道，什麼都不知道！」

空無連忙揮手否定。蒼判斷不出她是因為說謊而害怕，還是只是單純畏懼自己。

蒼凌空一躍，在半空中固定身體。睥睨四周——看不見身影，也聽不見聲音。

但她還有一項自豪的超感官能力——嗅覺。

她用獵犬般的敏銳嗅覺搜尋剛才在近距離聞過的狂三的味道。狂三輕微的體味搔動著蒼的鼻腔。

探查方位——檢測距離——算出正確座標。

（找到了——！）

向那裡投射殺氣。令常人瞬間「不敢」活動，如冰一般的氣息。

不過，那裡空無一人，頂多只有電線桿和堆積在電線桿影子上的垃圾袋。

「……！」

怪事接二連三發生，令蒼的腦袋嚴重混亂。教導蒼戰鬥的準精靈曾要她耿直一點。

——妳總有一天會變得賢明，獲得更強大的力量。

——但是，在那之前必須心無旁鶩地不斷戰鬥。

——因為妳只要思考多餘的事情就會變弱。因為妳的肉體就是這樣的構造。

——妳只要憑藉本能殺敵，甚至能凌駕支配者之上。

——如果出現無法適用這個方法的敵人。

——如果出現妳最排斥，最難應付，最應該避開的類型。

——方法只有一個。

一隻白皙的手臂從垃圾袋的影子中滑出。

「！」

發射子彈。漆黑的子彈衝破空氣之牆，發出巨響，同時襲擊而來。與對手的距離約兩百公尺。這距離要用手槍擊中，恐怕需要奇蹟發生，但對狂三而言卻是輕而易舉。

而距離兩百公尺的結果，給予了蒼隨機應變的餘力，這一點令蒼感到有些惱火，卻也有些高興。

狂三就這麼害怕自己嗎？甚至拋棄了朋友。

蒼對此感到義憤填膺，也算是遷怒吧。但又覺得對方認可自己的實力而感到有些開心。

蒼理所當然地擋開了子彈。

既然她的〈刻刻帝〉是手槍，自己還是防禦得住。當然，她早已得知狂三子彈的能力。

必須隨時提防狂三開槍射擊她自己，用【一之彈】增加體能突襲過來。

蒼決定全力推進靈裝，一秒到達兩百公尺外的狂三身邊。

一秒將狂三從影子拖出來，一秒頭捶讓她失去意識，然後一秒用〈天星狼〉將她擊碎。

總計四秒。

這點時間就足以殺掉狂三。她不怕受傷，只怕戰敗——不對，也不是害怕戰敗。

蒼覺得自己在害怕某種東西。

雖然不知道具體是什麼，但她敢確定一件事。

就是她恐懼的起因無庸置疑是來自那個時崎狂三。

所以她咆哮。怒吼、威嚇、瞪視，傳達她的殺意。

——衝吧（GO）、衝吧（GO）、衝吧（GO）！

她命令自己。她的〈極死靈裝・一五番〉貪婪地吞噬靈力，以瘋狂的速度「射出」蒼。

如果狂三釋放的是子彈，那麼她便選擇將自己化身為子彈，進行特攻。

奮不顧身、義無反顧。如果代價是成功殺死精靈時崎狂三，那麼蒼覺得十分值得。

一秒，到達影子。

一秒，將她拖出影子。

一秒，用猛烈的頭搥攻擊她。本應是如此才對，但是——

槍聲響起。

然而，靈裝只有輕微受損。不必理會沒關係，施展頭搥——卻施展不出。

緩慢、沉重、痛苦。

身體宛如全身陷入泥沼般沉重。動作像烏龜一樣緩慢，但思考速度卻維持不變，因此不得不感受到自己的遲緩。

「〈刻刻帝〉——【二之彈】。」

時崎狂三另一個必殺技，讓時間流動緩慢。使高速變低速，低速變成等同於停止，將兔子變成烏龜的恐怖童話。

狂三邪魅一笑。

面對接連而來的射擊，蒼束手無策。靈裝被接二連三的子彈射穿，嘎吱作響，開始碎裂。

從粉碎別人的一方轉變成被人粉碎的一方。

◇

時崎狂三畢竟是認真的。她明白若是錯過這次機會，自己便無法打敗蒼，也明白必須殺死蒼才能停止與她的戰鬥。

勝者為寇，敗者亦為寇，正義與邪惡與我何干？既然如此，不擇手段便是她的做法。

真是拚命呢。狂三自嘲地這麼想。

踐踏無數夢想、無數準精靈的目的，在別人看來應該是無聊至極吧。

即使如此。

即使如此，身心還是被某種無法克制的情緒所驅動。

子彈終於擊碎蒼的靈裝，射中蒼本人。接下來只要開槍，直到【二之彈】失去效果。

射擊。

不斷射擊，直到她死亡。不斷戕害，直到她死亡。

射擊。

貫穿破碎的靈裝，子彈終於陷進身體。

射擊。

狂三突然想起蒼的靈裝。

她的靈裝與其他準精靈的不同，是屈指可數的異端（當然，精靈擁有的神威靈裝除外）。

所謂的異端，就是指詭詐。

所謂的詭詐，就是指強大。

根據準精靈的傳言，靈裝的強大與本人的意志有多堅強息息相關。

蒼的靈裝就讓人覺得這傳聞所言不假。

耐久力出類拔萃，速度非比尋常，精密機動性也很優秀。但詭詐之處並不在於上述幾點。

〈極死靈裝・一五番〉的本質是死。光是靠近就能致敵人於死地。

因此與她交手時，必須「從遠處，不讓她接近，單方面徹底地」擊潰她才行。

在蒼一秒衝過兩百公尺後，經過三十秒，空無才終於來到能目睹兩人交戰的地方。

「狂三——！」

空無啞然失聲。

對伸手就可觸及靈裝的狂三而言，那是發生在轉瞬間的事情。她握住手槍的左手和右腿凍結成冰。

「……這個……靈裝……！」

即使眼神空洞，蒼的手還是慢慢地接近痛苦的狂三。電線桿、牆壁和道路也受到牽連，逐漸凍結。

佇立在中央的是藍色少女。

「狂三，振作一點……！」

是聽見空無的鼓勵而恢復模糊的意識嗎？

抑或單純是潛意識的行動？

總之，狂三扣下了扳機。擊碎冰塊，擊碎靈裝。

「咕唔唔唔唔唔……！」

蒼伸出手，掐住狂三纖細的脖子。

「不選擇把我擊成粉碎嗎……？」

「我沒有……規定……非得要用……那招……！更何況，對付妳……哪還有那種閒情逸致選擇戰法……！」

能殺的時候就殺。

能致對方於死地時就做。

狂三一步一步接近死亡。不過，也許是她堅強的意志使然，或者她原本就是那樣的生物吧。

她毫不留情地扣下扳機。每射出一槍，蒼的手就放鬆一點。影子便趁這微小的空隙，鑽進了手槍中。

兩人都朝殺死對方這個終點奔走，但能造成差距的既非天使，也非靈裝。

◇

而是殺意的多寡。

蒼至今從未有意殺人。

揮舞自己的無銘天使〈天星狼〉擊碎對手，不過是單純的結果；不過是沒有餘力手下留情，為了勝利而戰的結果，導致對方死亡罷了。

但是，時崎狂三不一樣。

她明白自己必須勝利，不能讓自己踐踏過的生命白白犧牲，也做好心理準備，未來的道路將會充滿鮮血。

無數條性命。

就算低於「操偶師」，堆積起來的屍體還是十分龐大。

每殺一個人，都必須傾盡所有決心。

強迫自己傷痕累累的心活動，只為復仇而活的生物。

所以，雖然蒼想打倒時崎狂三。

但時崎狂三明白自己必須殺死蒼。

在這種狀況下，力量和能力根本毫無意義。

有的只是殺意的差距，堅持不死的差距。每挨一發子彈，蒼就回想起過去。

——如果出現了以妳的能力無法對付的傢伙。

——就代表一心戰鬥的幼兒期已經結束。

——動動生鏽的腦吧。即使害怕死亡而內心不安，也要利用三成的腦力開始思考。

——妳雖然笨，但法律沒規定笨的人不能思考吧。

——不過，在妳想出法子前就喪命的話，一切就都完了！

這樣啊。蒼開竅了。

現在正是幼兒期的結束。她不再是一心戰鬥的野獸，而是會仔細思考再痛下殺手的準精靈。

手臂的力量減弱。

連內臟都擊飛般的槍擊多達二十八發。

忍受了那麼多發子彈，蒼失去了意識————「僅一瞬間」。

◇

冰立刻化為水，狂三恢復了自由。

「咳……！」

無法呼吸，呼吸道遭到封鎖的窒息程度，其實並不嚴重。

在鄰界，所謂的死是指靈魂之死，基本上不存在肉體死亡。所以並不會被掐死，而是會因為窒息的絕望感導致「靈魂選擇死亡」。

「狂三！」

空無連忙奔向她身邊——莫名有股強烈的不祥預感。

「振作一點——噗呀！」

冰融化後，大量的水與泥土一起積在路的低層部分，立刻形成所謂的水窪，而且滿深的。

空無當然不留意就一腳用力踩了下去。

水窪當然在狂三的眼前。

而由以上狀況導出的回答當然是——

「……竟然敢在別人的臉上潑泥水，真是吃了熊心豹子膽呢。」

從狂三的手指已經勾在扳機上的情況看來，時崎狂三大人似乎非常生氣。白色手帕瞬間被泥水弄髒。

「抱、抱歉抱歉，對不起對不起。我想我應該不是故意的！是下意識！下意識這麼做的！」

「下意識反而更過分吧。」

「可、可是，這下子就打敗全部的人了呢！」

聽見這句話，狂三也鬆了一口氣。

她並沒有鬆懈下來。她自己當然也明白必須重新繃緊神經。事到如今，她的精神可不會因為空無區區的一句話就動搖。

但是——

就在她認為邁進一步的瞬間，她的腳踝被抓住往後拖的瞬間，她的背脊想必如字面所示凍結了吧。

少女站著。

挨了總計三十發以上的子彈，少女依然佇立不倒，看起來甚至毫無痛苦，表情非常平靜——只是，腹部沾滿鮮血，也可說是削掉了一塊肉。

不可能不感到痛苦。

然而，少女卻再次穿上靈裝，手握背後的斧槍。

接著朝狂三如此說道：

「——謝謝妳。」

那道聲音十分開朗樂觀。

而說出的話則是令人摸不著頭緒。

「謝……妳……妳說什麼……？」

空無戰戰兢兢地問道。蒼一副了然於心的模樣，不斷點頭說：

「真的很感謝妳。多虧妳，我又能變得更強。」

噢，原來如此。

狂三與空無對看，點了點頭。

這世上存在著絕對不能與之戰鬥的對手，並非因為對方很強大、可怕、殘忍那類的原因。

而是樂在其中。

以這樣的心情戰鬥的對手非常強大、可怕，而且不可觸碰。

因為那份心情必然會使人追求更強大的對手。

時崎狂三將「操偶師」視為最終對手，因此將其餘的對手當作障礙物一一克服。

不過，當障礙物恢復意識，而且滿心歡喜地站在她面前時——那早已不是什麼障礙物，而是個大麻煩。在這種狀況下，更是致命的一件事。

能稱為勁敵的存在。

「……所以，我想跟妳交手更多次。」

蒼的腹部確實血流不止。不過，那份痛楚對她來說可能是喜悅，甚至能肯定地說是歡喜吧。

「狂三……」

即使空無出聲呼喚，狂三也沒有聽見。現場的緊張感就是如此高漲。

「跟妳交手很開心、很有趣、很興奮。希望妳再多傷害我一點。我想每次受傷，我就能變得更強。」

「恕我拒絕。」

即使戰敗也不氣餒，受到致命傷依然不斷站起，最後獲得勝利存活下來……世上通常如此稱呼擁有這樣特殊體質的存在：

主角——少女擁有打破所有不合理的力量，因戰鬥的興奮而全身顫抖。

凍結般的空氣。空無連忙想後退一步，卻因為壓迫感太重而動彈不得。

不過，就連記憶空蕩、毫無戰鬥經驗的她也明白，這一戰對狂三不利。

時崎狂三基本上是用暗招。不如連將殺那樣有精密性，但能利用含有隱藏招式的子彈和潛入影子的能力，將對手逼入自己設好的棋局予以擊潰。

反過來說，就是代表狂三不擅長正面對決。

……不，她從來沒有說過那種話，只是……顯而易見。對她來說，最適合的敵手恐怕是像蒼那樣只知道正面對決的準精靈吧。

就像是自己跳進陷阱的動物一樣。

但是，此時產生了一個問題。

世上極少存在這樣的情況。

咬破陷阱的動物、擁有超越人類淺薄智慧的臂力的野獸——我們如此稱呼像他，不對，是像

她這樣的概念。

「妳真是怪物呢——」

蒼臉上浮現沉穩的微笑，用力踏出一步。狂三在空無面前一臉疲憊地輕聲、非常微弱地嘆了一口氣。

空無覺得她的舉動莫名地有人性，內心湧起一股奇怪的感覺。但狂三還是握起了槍。

——決戰的戰火悄悄、緩慢地開始點燃了。

而與此同時——

也是「她」這個叛徒開始行動的契機。

◇

曾經成為邂逅舞臺的教室，如今擠滿了她的人偶而顯得狹窄。向時崎狂三傳達惡耗的人偶、向「操偶師」傳達喜訊的天使人偶，以及其他各式各樣的人偶正竊竊私語說個不停。

「最後剩下兩人。」「一名是『蒼』。」「一名是時崎狂三。」

「互相殘殺吧。」「必須在消失之前保留住才行。」「最壞的情況，捨棄蒼也行。」「時崎狂三。」「不是像我們這樣的冒牌貨。」「真正的精靈。」「真正的？」「騙人的啦，胡說八道。」「不過，她的一部分力量是與生俱來的。」「那麼。」「必須殺掉才行。」「必須解決掉。」「這個世界，」「這個領域，」「必須屬於我才行。」「拜託嘍。」「『妳們』。」

佛露思・普羅奇士站在人偶群的面前。

佛露思沒有開口，回答：

「不行。」「『我們』辦不到。」「必須派更強的傢伙。」「偵察隊不行。」「希望是，」「擅長戰鬥，」「更強的傢伙執行。」

聲音從喉嚨、心臟、腹部、小腿發出來。人偶聽見這個意見後，面面相覷，騷動不已。

「誰？」「誰，」「要去？」

這時，共有三具人偶舉起手。每一具身上的布料都跟全新的一樣，打扮得光鮮亮麗。

「人家。」「我。」「我。」

一具是「攜帶大型日本刀的人偶」。

一具是「攜帶弓箭的人偶」。

最後一具則是「攜帶巨大放大鏡的人偶」。

人偶踏著碎步，爬上佛露思的身體。佛露思一動也不動地接受她們，宛如無視下巴的關節，

用雙手撐開嘴巴。

三具人偶一個接一個地跳進佛露思的口中。佛露思的腹部隆起。

「啊啊啊啊啊啊啊啊啊啊啊……」

佛露思發出沙啞的呻吟。

「不行。」「誰出來一下。」「肚子隆起三具的分量。」

響起人偶慌張的聲音。其他幾具人偶從張開的嘴巴跌落。

「死了嗎？」「腐爛了。」「廢物。」

人偶群看見其中一具人偶一動也不動，便將她扔出窗外。

「好了，這樣就準備好了。」「殺身成仁吧，佛露思・普羅奇士。」「去死吧。」

佛露思恢復因人偶出入而扭曲成怪模樣的臉龐，點了點頭。

……只要看見這令人毛骨悚然的情景便能理解，佛露思・普羅奇士並非什麼準精靈，甚至不是生物。

只是貼了人皮的人偶聚合物。所以是冒牌貨，所以不死。

這些人偶參加了好幾次廝殺，有時戰鬥、敗北，然後再次復活。鮮少有人知道這個真相。時崎狂三便是其中一人。

而統治這些人偶的準精靈，用不著說，當然就是「操偶師」。

沒錯，這場競賽從一開始就是鬧劇。

「無知真恐怖。」「沒錯。」「明明是活祭的儀式。」「誤會大了。」「真是遺憾。」

眾多冰冷無情緒的聲音往來交錯。

「操偶師」慎重、狡猾、明智、狠毒、冷酷、殘忍、膽小。

現在也沒有一名準精靈能勝過她。若單純指「沒有戰敗」，倒是有幾人吧。

不過，她將一切都交付給人偶，絕不現身。既然連身處何處都不確定，又何來戰敗之說呢？

佛露思從教室的窗戶飛向空中。

雜亂地纏繞全身的繃帶如蜘蛛腳狂亂。擔任視覺的兩具人偶，透過佛露斯的眼珠捕捉到蒼和時崎狂三。

「正如監視人偶們的報告一樣。（右眼）」「兩人還在交戰。（左眼）」

「再等一下比較好吧？」「明智之舉。」「就這麼辦吧！」

「因為那兩個人很強嘛。」「因為兩人勢均力敵嘛。」「互相削弱戰力。」

「另外，那傢伙怎麼辦？」「那傢伙，」「別理她。」

「可是，那傢伙，」「一定從時崎狂三那裡，」「聽說了各種事情。」

「所以殺了她吧。」「杜絕後患。」「反正沒有人會困擾。」

「空無！」「空無！」「空無！」

「把那空空如也的孩子！」「把那失去記憶、努力求生的怪女孩！」「殺死吧！」

歡聲雷動。封鎖在佛露思體內的人偶們各自舉起愛用的武器。

槍、劍、矛、弓、日本刀、放大鏡、戰輪——

群體怪物佛露斯．普羅奇士，全身大笑。

◇

那是宛如野蠻互毆的戰爭。

時崎狂三利用【一之彈】讓自己加速到極限，從四面八方攻擊蒼。

而蒼則是用頑強的靈裝擋下攻擊，單手抓住狂三踢過來的腿。

「快、快、快點逃啊——————！」

也難怪目睹這幕情景的空無會大喊。因為狂三被抓住的瞬間，便體會到蒼「碎餅女」的名號是貨真價實。

一旦被抓住，便絕對無法脫逃。絕對會被殺，絕對會被粉碎。

蒼像甩動棍棒一般揮動狂三，打算將她甩到石牆上。不過，那是愚蠢的計策。

就像拳頭打進泥土的柔軟手感，令蒼瞪大了雙眼。但她立刻理解到那是理所當然的事。因為石牆上有影子，狂三一半的身體埋進了影子裡。

「好了，過來我這裡吧……！」

狂三如此宣告，強行將蒼拖進影子中。蒼在不確定上下左右是浮是沉，自己是否有在呼吸的空間中，揮動雙臂——然而毫無意義。

等她意識到時，發現原本握在手上的斧槍也消失無蹤。

利用【一之彈】加速後的連續隱形攻擊。蒼的〈極死靈裝・一五番〉終於龜裂。

「嘎嘰」，空間響起臨終喇叭般的奇怪聲響。

傳來一道嘻嘻笑聲。

蒼保持沉默。但那並不是因為她害怕，而是因為歡喜爬滿了背脊，精神過於亢奮，還未沉靜下來。

——好開心！跟她交手真愉快！無法預測下一秒有什麼在等待著自己！

可說是已經聽慣的巨響。蒼心想自己被擊中了吧，一邊思考一邊建立邏輯。所幸，在影子空間裡唯獨有一件事有用。

不會聽見現實中的雜音。聲音的大小、方向、命中時的誤差，全都分辨得出來，蒼搜尋位於

影子某處的時崎狂三的行蹤——找到了。

「抓到妳了——！」

蒼一把抓住狂三的前襟，毫不猶豫地撞擊她的頭。瞬間，返回充滿光亮的世界。

視覺突然從黑暗回到光亮，令蒼有一點暈眩。

空無一臉啞然地望著自己——沒有敵意、沒有威脅、沒有問題。

地面，地面則是能看見時崎狂三的身影。她額頭流血，痛苦地呻吟，意識不清……即使如此，她還是將老式手槍指向蒼的喉嚨。

只要捱住這顆子彈，就能獲勝。

但蒼同時沒有自信是否能捱過這顆子彈。

〈極死靈裝・一五番〉失效。現在的防禦力跟平常相比，等同於一張紙。

但是，如果憑這張紙捱過子彈，再次施展頭搥，就能獲勝。她有自信能一擊取勝。

……當然，也能採取拉開距離的方法，停止這種魯莽的賭注。不過蒼的直覺在吶喊，說「那樣贏不了」。

捱過就是自己的勝利，捱不過就是狂三的勝利。

「是我獲勝……！」

「不對，是妳戰敗……！」

最先發現異常的，是時崎狂三。是因為躺在地上，處於被蒼壓制在地的屈辱狀態嗎？

從天而降的準精靈——佛露斯．普羅奇士。總計六隻的蠢動小手從她張開的空洞嘴巴裡伸出來。

看見這幅情景的瞬間，時崎狂三的腦袋裡有什麼東西斷裂了。不論是持續死戰至今的蒼，還是非生即死的狀況全都拋諸腦後。

她將原本抵在蒼喉嚨上的老式手槍滑開，朝空中扣下扳機。

佛露思伸出手，打算抓住那顆子彈。當然是失敗了。皮開肉綻——龜裂瞬間蔓延全身。

佛露斯爆裂。潛藏在她體內的人偶同時陸續出現。

高亢的吶喊聲。

蒼因此察覺而回過頭，狂三一副嫌蒼礙事的模樣踢飛她，朝空中連續亂射老式手槍。

令人詫異的是，那些子彈全被對方閃開。

「要上嘍喔喔喔喔喔——！」隨著高亢的聲音同時掄起的日本刀。

「確認目標——發射！」隨著高亢的聲音同時拉起的弓箭。

「讓我灼燒吧————！」隨著高亢的聲音同時舉起的放大鏡。

「放大鏡」。

發現這件事的瞬間，狂三咬緊牙根。仔細一看，其他人偶也大多是面熟的傢伙。

蒼揮拳迎擊人偶。那群人偶笑道：

「好慢。」「真慢。」「真遲鈍！」「那也難怪。」「因為，」「妳已經累了嘛！」

人偶不但考慮到這一點，動作還非常快速。手持日本刀的人偶將刀刃埋進蒼的胸腔；小型的箭矢射穿蒼的喉嚨；壓縮陽光的光線剜挖蒼的皮肉。

看見倒下的蒼，空無發出僵硬的尖叫聲。

是因為蒼倒下，加上人偶包圍住自己和狂三嗎？

不。

「……那個人偶……是……」

空無顫抖著指向的人偶，「模樣跟土方征美一模一樣」；依靠在她身旁的人偶，「模樣和武下彩眼一模一樣」；而最後用放大鏡給予蒼致命一擊的人偶，則是無庸置疑「模樣和雪莉·姆吉卡一模一樣」。

只要仔細傾聽，就連高亢的聲音也確實像是她們的聲音。

已經站起來的時崎狂三透露出駭人的殺意低喃：

「是變成人偶的大家。不對，應該說是被製成人偶才對。」

「這、這是什麼意思……？」

所有準精靈都是以靈魂結晶碎片為核心生存。只要一死，靈魂結晶就會成為別人的財產。

「操偶師」挖出一百名以上的準精靈的靈魂結晶碎片，將她們製成了人偶。

征美、彩眼、姆吉卡的人偶開始跳起舞。

看起來無比快樂、無比滑稽。不過，空無反而覺得十分詭異可怕。

低劣至極的滑稽現象，簡直是對實力不足而戰敗的她們最惡劣最過分的褻瀆。

「所以『操偶師』最惡毒了。」

把人製成人偶還不夠。

還盡可能留下原本的人格和能力，讓她們像人偶一樣可愛。而且，將人格做出致命性的改變——不管過去多麼高傲，都會成為「操偶師」的僕人。

「真開心、真開心呢！」「大家和樂融融，真美麗！」「啊～～變成人偶真好！」

「住口！」

時崎狂三第一次表現出情緒激動的樣子。

聽見這句話，人偶們越發愉快似的笑了出來。

「生氣了、生氣了！」「崩潰了、崩潰了！」「殺死她、殺死她！」「精靈變成人偶！」

「能夠把精靈變成人偶！」「加入我們的家族！」

老式手槍轟飛其中一具喧鬧的人偶。歡聲立刻化為寂靜。

「嘰嘰喳喳的，吵死了！不過操縱了幾具噁心的人偶，就自以為是國王嗎？」

那句話隱含著平靜的慍怒，但空無同時也這麼想。

現在的時崎狂三失去了從容，高傲的態度消失無蹤，只憑單純的怒氣行動。

反過來說，莫非是現狀危險到令她失去了從容嗎？抑或是——

「反正『操偶師』只是在某處觀看吧？既然如此，我就把人偶『一個不留』地摧毀，這樣比較快。」

人偶們聽了同時哈哈大笑。

「不可能啦！」「辦不到啦！」「辦不到就是辦不到！」

「因為我們！」「數量非常多！」「根本沒意義，太亂來了！」

「勢力啦、勢力！」「一千具的龐大數量！」「就算是精靈也贏不了！」

正如她們所說，四周包圍著所有人偶。空無嚇得差點腿軟。

人偶毫無生氣的眼瞳——超過兩千隻的玻璃眼瞳窺視著時崎狂三。看不出是恐懼、顫抖，還是哭泣——

怒氣從她的表情消失，感覺並不害怕，卻也不像往常那般微笑。

十分平靜。她噘圓嘴脣，輕輕吐了一口氣後，面向空無。

「空無。」

就連呼喚聲也沒有顫抖。

「是、是的。什麼事？」

「真的很抱歉，把妳牽連進我的復仇之中。妳其實根本不是空空如也。」

「咦，那是什麼意思……？」

狂三嘻嘻笑了笑，指向地面，指尖前方是人孔蓋。狂三踢起人孔蓋，人孔蓋飛落在地。

「妳逃吧，站在這裡很礙事。」

「咦，可是……！」

空無原本想宣告「怎麼能留下妳一個人」這種帥氣的話。

「別說了。」

狂三一把抓起空無的後頸，將她扔向下水道。所幸可能是因為鄰界本來就沒有人生活，並沒有聞到惡臭。

「狂三——」

「就要妳別回嘴了。」

狂三笑了笑如此說完，便朝位於正下方的空無輕輕揮揮手。

「保護她了、保護她了！」「妳很重視她嗎？很重視她嗎？」「那種空空如也的小丫頭？」

人偶們捧腹大笑。

看見她們醜陋的模樣，時崎狂三也笑了，笑得非常開心愉快。

「沒有。只是──我沒有殘忍、膚淺到將她捲進『這個』罷了。」

人偶們歪頭不解。

狂三舉起老式手槍──沒有瞄準人偶──射穿民宅的窗戶。

於是──

彷彿就要燒傷眼睛的閃光。最後，「砰」的一聲巨響，震耳欲聾。

當然，前提是……人偶如果有眼睛和耳朵。

燃燒、綻裂、爆破。

狂三周圍約一平方公里夷為平地。

「靈裝與靈魂結晶碎片組合而成的靈晶炸藥，約有兩百枚。要收集那麼多靈晶炸藥，真的累死我了呢。」

狂三真的費了一番工夫。

首先要得到兩百枚這個想法本身就已夠瘋狂。只要一枚靈晶炸藥，就有能力逆轉戰鬥。所以，照理說只要一枚就足夠，而且一枚就要接受對方蠻橫不講理的交易條件。

收集兩百枚，通常會遭人懷疑有什麼企圖。而遭人懷疑的時候，「操偶師」便會分析情報，擬定對策吧。

為了避免這種情況發生，狂三每次交易就改變容貌、聲音、身高，甚至是人格。花費漫長的時間，一點一點地設置在各間假房子，避免敗露讓「操偶師」知道。

……時崎狂三在自己活下來時就看出是她在操縱人偶了。

而既然自己身為精靈，慎重的她應該會動用手邊所有能使用的戰力。

要解決一千具人偶，狂三只能想到大範圍爆破這個方法。

當然，這是不利的賭注。受到無可奈何的絕望感所折磨，不只一次兩次難以入眠。

不過，自己勝利了。

因鬆了一口氣而差點癱軟在地——但勉強撐住。

只差臨門一腳就能獲勝，就能復仇。為她報仇。

「夕映、夕映，再等一下、再等我一下……」

話到此中斷。佇立在狂三眼前的是指宿帕妮耶；原本應該已死的指宿帕妮耶。

「對了，是叫夕映對吧。我明白了。我終於明白了！」

「……妳還活著啊，真令人傻眼呢。」

狂三的手指爬上老舊手槍。指宿帕妮耶露出天使般純真的笑容否定。

「不、不，並沒有活著。因為，帕妮耶早就已經死了呀。」

「哎呀，是嗎？那是跟佛露思同樣立場嘍？妳那小小的身體也塞滿了人偶嗎？」

帕妮耶聽了狂三說的話，笑容滿面地點頭。

「沒錯！人家想想喔，帕妮耶的儲藏庫大約有四百具吧。然後待命的有一千四百具左右！」

狂三一時之間無法理解那個數字。

「什麼……？」

「所以說～還有一千八百具左右！嗯，以前從來沒有損失過多達一千具呢！帕妮耶搞不好滿感動的！所以說，還剩約三分之二，加油喲。」

「……是虛張聲勢吧？妳已經被逼到這種地步了吧？」

狂三心想，自己的聲音竟然沒發抖，簡直是奇蹟。還剩一千八百具人偶？自己怎麼可能有勝算……！

「別擔心！因為妳是精靈吧？『跟我們踐踏過的只是隨處可見的準精靈不同吧』？」

沉默。

狂三忍受著心臟揪痛般的恐懼。

「……我是，時崎狂三。」

指宿帕妮耶果然跟佛露思．普羅奇士一樣張開大口，從中取出一具人偶。

熟悉的靈裝，熟悉的武器，熟悉的臉孔。

看見那具人偶的瞬間，狂三的鬥志消散無蹤。

「我想想喔，這個叫什麼名字來著？夕……夕影……？」

〈我叫陽柳夕映啦，指宿小姐！〉

「對了、對了，是叫這名字沒錯！」

「夕……映……」

帶點藍色的短髮、毅然的眼神、不符合身高的巨大寶劍。

即使臉部被改造成有如畫風粗劣的漫畫人物，但依然保留著她的痕跡。

「時崎狂三跟妳沒有任何關係吧？」

〈是的！跟我無關！〉

「那～～麼～～」

指宿帕妮耶瞥了狂三一眼，露出殘酷的微笑。

「妳跟緋衣響是朋友吧？」

〈她是跟我最要好的準精靈！〉

——全身僵硬。

對方洞悉一切，堵住了所有活路。即使擅自移動棋盤上的棋子，對管理者也毫不管用。

「那麼，殺了那個精靈。」

〈我知道了，指宿小姐！我去殺了她！〉

人偶面向這邊，玻璃眼瞳中對狂三毫無情意。

「……這、這樣啊。」

時崎狂三與曾經鼓舞自己的「少女」垂頭喪氣。

人偶精神奕奕地飛奔而來。狂三想起她以前奔馳的模樣。

失去再失去，失去一切。即使如此，自己還是為了復仇和朋友，為了她而存活至今。

結果還是沒有意義。天真無邪的人偶舉起她愛用的雙刃大劍（Claymore）。

之前，狂三作了一個懷念的夢。

自己在家中迎接高聲吶喊「贏了」的她。自己討厭戰鬥，也討厭疼痛，更討厭朋友受傷。

但是，她滿心歡喜、歡欣鼓舞地談論戰鬥的事。自己不想潑她冷水。

所以那一天、那個時候，自己也一直、一直在等待——

「……我一直在等妳。」

歡迎回家。少女如此低喃。

她迎接似的張開雙手，人偶手上的劍埋進了她的胸口。

看著倒地的少女，指宿帕妮耶——體內潛藏的人偶們暗自竊笑。

這次的「戰爭（DATE）」也著實有意義地結束了。雖然精靈是冒牌貨一事非常遺憾，但倒也不想跟真正的精靈交手。

那是不能存在這個鄰界的災難。她們應該在另一個世界快樂地生活下去吧。

不過，鄰界是屬於自己等人的，第十領域是屬於自己的。「操偶師」滿足地點點頭，打算稱讚那群人偶。

上述的人偶正依照命令，滿心歡喜地打算將狂三碎屍萬段。自己打算再追加一個命令，要人偶小心翼翼地抽出靈魂結晶，別讓它受損時——卻目睹人偶被震飛的畫面。

◇

即使在下水道也能清楚聽見大爆炸。空無發出尖叫，背緊貼牆面，擔心不斷震動的天花板會崩塌而怕得發抖。

一陣沉默。

……確認沒有問題發生，自己依然活著後站起來。

一直蹲在這裡不動實在不符合自己的個性。引起這陣爆炸的，無疑是狂三。既然如此，還是

見證一下結果比較好。

空無不認為狂三已死。雖然不這麼認為，卻有一股不祥的預感。

她沿著射進的光線爬上梯子。

空氣很熱，是因為剛才那陣爆炸嗎？還有，肯定受到牽連的蒼是否還活著呢？光是想像她變成絞肉的模樣就感到怵目驚心，今天她本來還想吃漢堡排呢。

……分心想這種無聊的事情不太好吧。

但是攀爬梯子的期間，感受到的只有心痛般的不安。

最後表現出的那個寂寞的笑容——

希望是自己誤解了。空無如此期盼。

那是否代表她不論成功與否，都決心一死呢？

那個笑容悲傷得令人不由得如此猜想，似乎平靜地接受毀滅。

那張笑臉，不適合她。時崎狂三應該更加華麗、虛幻，而且殘忍地發出「嘻嘻嘻嘻嘻」的尖銳聲音，笑著蹂躪敵人才對。

空無爬上地面後，看見慘不忍睹的光景而啞然失聲。周圍瓦礫堆積成山，過去房屋鱗次櫛比的場所如今化為一片平地。

想必是時崎狂三使出的殺手鐧所造成的吧。

對付惡名昭彰的「操偶師」，也許只有大範圍爆破這一招可行。

不過……狂三有辦法在這場爆破中生存嗎？

就算擁有靈裝……

正當空無想出聲呼喚狂三時，看見她坐在前方不動。

即使背對自己，事到如今她也不可能認錯狂三的背影。

「狂三——」

刺入的聲音輕微，飛濺的血也只有一點點。鋼刃從胸口朝背部刺出。

不過，那並不奇怪。因為在戰鬥，所以一點也不奇怪。

空無費解的是，時崎狂三竟然因為區區一劍就吐血倒地。

「……狂三？」

莫名其妙。這個人不會死，不死之身、不合常理、不可思議才是時崎狂三。

她不會死，不會因為這種無聊的小事，不可能會死！

但是，血流個不停。管她是準精靈還是精靈，都會流血；血流不止就會死。精神會比軀體早一步迎來死亡。

然而，髮色帶點藍色的人偶卻笑盈盈地砍向狂三的肩頭、手臂和腳。

「……手。」

空無真的是下意識地拿起「那樣物品」。人偶有些吃驚地望向空無。

空無拿起的是時崎狂三的老式手槍。憑感覺就能得知，裡面還裝有子彈，接下來只需要下定決心……憑感覺就能理解。

「——住手。」

聲音冰冷，指尖也冰冷，唯有心臟是灼熱的。扣下扳機——衝擊、巨響、後座力。人偶的右臂被轟斷滾落。

空無也明白，自己沒有時間茫然。

指宿帕妮耶目瞪口呆地凝視著這裡。不過，在看見空無硬是扶起狂三讓她站起來後，便開始胡亂揮著雙手。

「討厭！麻煩死了啦～～！」

一群人偶從帕妮耶的口中噴出。數量是三十具，輕而易舉就能殺死試圖逃跑的兩人。

空無的力氣並沒有大到能架著失去意識的少女奔跑。即使用走的，也會被追上吧。而且，有令空無感到更加焦躁的事。那就是狂三的手冰冷得令人直打哆嗦，血也從剛才就流個不停。

「……歉……」

狂三自言自語般低喃，但空無現在沒有餘力傾聽她在說些什麼。

被追上，被殺，然後死亡。不只自己，連狂三也會死掉。

沒有人會幫助她們，奇蹟不會出現。命運嚴實、冷酷地完全禁錮住少女們。

——所以，並非什麼奇蹟。

硬要說的話，是「操偶師」的失算。

是她低劣的興趣導致那樣的發展。

蜂擁而至的三十具人偶，雖然本領、能力各不相同，但要殺空空如也的準精靈和意識不清的精靈，還是綽綽有餘。

終於有一具人偶追了上來，她舉起劍——半路卻殺出個程咬金。

「咦？」

人偶發出呆愣的聲音。還來不及反抗，手臂和頭就立刻被砍飛。

「……咦？」

這次發出呆愣聲音的，是空無。

伸出援手的既非神明，也非準精靈。

「這樣啊，原來是這麼一回事啊！」

爽朗笑道的是那具獨臂人偶，空無剛才開槍射擊的人偶——

「為什麼……？」

空無也不由得停住腳步，茫然低喃。人偶單手舉著大劍，吶喊：

「妳曾經是我的朋友！我曾經是妳的朋友！所以，所以我一定不該殺了她！對不起！我沒有發現，對不起！」

淚水從玻璃眼瞳溢出。

空無依然不明所以。那具人偶高聲大喊：

「我已經什麼都搞不懂了。可是、可是啊，我還記得一件事。我只記得，我曾經最喜歡響了。所以！所以！所以……」

快逃吧。那具人偶如此低喃，然後上前攻擊蜂擁而來的人偶群。

空無聽不懂人偶說的話，也無法回應，拖著狂三逃離現場。

總之，逃得越遠越好，逃到人偶看不見的地方。

空無選擇的地點不是房屋，而是廢工廠。空無曾經遭到囚禁的地方。雖然因為激烈的攻擊而崩塌了一半，但她覺得這樣反而能掩人耳目……接下來，只能祈禱了。

冰冷的水滴滴落在她的後頸。

更幸運的是，雨滴旋即化為滂沱大雨。雨勢大到完全消除了她們的味道和足跡。雖然寒冷令人不舒服，但現在倖存的生命更加重要。

接下來，只剩時崎狂三清醒過來了。

「……這裡是……」

「狂三！」

空無連忙衝到她身邊。蒼白的臉，無血色的脣瓣，流出的血仍未停止。即使如此，狂三依然活著。

「……我們成功逃脫了嗎……為什麼……？」

「對。是那具人偶幫了我們。」

「人偶……？」

「她說因為自己是我的朋友。」

狂三聽到這句話，瞪大了雙眼——然後，嘆了一大口氣。失魂落魄般的那種嘆息。

「……是嗎？這樣啊。」

狂三用顫抖的手摸索口袋，拿出照片。那張空無與疑似成為人偶原型的少女，兩人靠在一起的照片。

「妳好像不太吃驚呢。」

「事到如今也沒什麼好驚訝的了。」

「那麼，即使我說我不是時崎狂三，妳也不會驚訝嘍？」

「……不會。」

狂三摩挲胸口，掬起流出的血。

「照這個血量看來……應該是沒救了吧。反正我也沒有想得救的意思。」

「不要說這種話啦！」

「……妳願意聽我說說往事嗎？」

她的語氣突然改變。她的髮色宛如在水中溶化一樣，開始掉色。那是緋衣響割捨名為時崎狂三這個強大力量的證明。

她的脣瓣間吐出故事。

◇

回過神後，已經迷失在這個鄰界。

混入形形色色的準精靈之中，像緋衣響這樣的存在何其多，而且沒有什麼力量。

會被稱為空無是其來有自。

少女們不僅失去記憶，有時甚至在失去人格的狀態下徘徊流連。無害的幽靈，只是個礙眼的概念。

擔心自己該不會也變成了那副德性，令人恐懼的象徵。

那便是空無。

不久後，注定會手腳消失，從鄰界消失蹤影的少女們。

緋衣響也是其中一人。她對於自己莫名其妙來到這個世界感到害怕，也害怕戰鬥，害怕自己無法好好運用僥倖得來的靈裝，便消失在這個世上。

沒有夢想。

也沒有希望。

更沒有渴求之物。

甚至是無欲無求。

在不明所以的狀況下獨自誕生，獨自死亡。那本應是緋衣響的命運。

提不起幹勁的響是偶然看見她的。

第十領域的溝通方式——廝殺。生氣勃勃，享受戰鬥的少女。

在幾次激烈交戰後，她順利地獲勝。用空洞的眼眸注視那場戰鬥的響與少女四目相交。

響死氣沉沉地凝視著少女。少女笑容滿面地面向她，伸出兩根手指比出V字手勢。

「我贏了！」

響怔怔地注視著她……緩緩比出V字手勢回應。

「謝謝妳！」

少女如此高聲告知後，消失了蹤影。

響站起身來。回過神來，發現本應消失的手臂也恢復了原狀。這種無聊的互動，讓響找到了希望。

少女的名字叫陽柳夕映；空無的名字則是緋衣響。

夕映是典型的非戰不可的準精靈。而響則是毋須戰鬥，只要貼近別人的心靈就能活下去的準精靈。

日子如風平浪靜的海面般平穩。

每當夕映受傷歸來，響就感到心痛，另一方面也鬆一口氣，心想只要她能平安歸來就好。

響認為自己不會用到無銘天使的力量。

雖然擁有驚人的力量，但付出的代價也相當大。若是持續使用，等待自己的未來就是變成廢人。

「真浪費耶！」

夕映如此哀嘆，但響只是一臉傷腦筋地微笑。那份力量最可怕的部分在於「替換自己」。

游離的人格，乖離的記憶，連緋衣響這個名字都必須捨棄的強制力。

那或許會導致自己甚至遺忘眼前的夕映。

「我無所謂，夕映。我不要緊。」

「真的嗎？身體沒事吧？」

「我討厭戰鬥，身體目前還沒關係。嗯，我很幸福，所以不要緊。」

戰鬥並不一定是追逐夢想。

也有夢想是光等待就心滿意足的。與夕映一起玩耍、聊天、生活。

所以，現在她很滿足。

——如果失去夕映，這種滿足感就會消失。

為何自己不敢正視這個事實呢？

為何自己堅信只要等待，她便一定會說著「我回來了！」歸來呢？

最後她這麼說——她受邀參加「操偶師」主辦的競賽。

「我一開始本來打算要參加的。」

夕映以難得沉穩的口氣說道。

「不過，她主辦的戰鬥必須互相廝殺到喪命。我覺得跟我想像的戰鬥有點不同。」

「太好了，那我就放心了……我還以為妳鐵定會說要去。」

聽見響的回答，夕映打從心底難為情地低喃：

「我自認還明白什麼時候該拚命。」

「夕映會在什麼時候拚上性命？」

「如果響遇到危險，我會拚上性命救妳的。」

夕映爽快地如此說道。

「謝……謝謝妳。那我就放心了。」

響感動萬分，害羞得只說得出這句話。

「總之，我明天會拒絕。」

夕映下此結論的隔天便失去了蹤影。

在這個鄰界，有少女下落不明並不稀奇，更別說是好戰的準精靈了。

有人下落不明時，只能等待。

不久後，響得知了「操偶師」的傳聞。據說她蒐集人偶。所謂的人偶是準精靈，只要被她盯上，絕對會被製成人偶。

「操偶師」，「操偶師」，「操偶師」！

於是復仇便成為響新的夢想。

最初的一步從戰鬥開始。習慣戰鬥，習慣見血，也習慣了療傷。下一步是收集情報。

所幸她的靈裝所擁有的能力最適合收集情報。她徹底調查「操偶師」的長處、短處、祕密、弱點。在收集情報的過程中，她好幾次被盯上性命、差點喪命，但她執著的信念不允許她死。

最後的一步是擬定計畫。為了殺死、打敗「操偶師」，什麼是必要的？

她前思後想，絞盡腦汁——驀然回首，才發現自己來到了很遠的地方。

自己有一段漫長的時間獨自生活了過來。

就算和夕映重逢，她肯定也認不出自己了。不過，那種事情根本無關緊要，因為不可能再和她重逢。

所以緋衣響不是我也無妨。第七靈屬的無銘天使〈王位篡奪(King Killing)〉，力量是「搶奪能力」。與搶奪對象交換肉體，甚至奪取對方的能力——能殺死國王，脫離常規的逆轉能力。

至今為了隱藏自己，曾拿來暫時奪取準精靈們的臉。然而，搶奪能力則是更進一步的力量，是未知的世界。

一旦搶奪，直到自己死亡才能解除，是一種無法反悔且風險極高的力量。

所以響遊走各大領域，盡可能搶奪擁有強大力量的強大存在，尋覓足以對抗「操偶師」的準精靈。

然後，她終於找到了，而且不是準精靈，甚至是據說會帶來災害的精靈。

非常漂亮。

她的所有一切都十分美麗。

從天而降的她奄奄一息。儘管如此，響還是輕易地看出她龐大的力量。

倘若這世上存在超越人類智慧或精靈的某種東西——想必賜予了緋衣響千載難逢的幸運吧。

……響十分明白。自己的能力能搶奪的不只是肉體和靈裝，連人格都可以搶過來。

或許在奪取別人的能力後，非常有可能會認為復仇的行為愚蠢至極而放棄。

沒有對策。所以，只能心存強烈的意念。將陽柳夕映的事、將與她朝夕相處的點滴回憶緊擁在懷中。

奪走什麼都無所謂。如果成功復仇了，連性命都可以雙手奉上。所以請千萬不要奪走我的夢想，請讓我報仇雪恨。

那幅光景並不存在任何能實現復仇的喜悅。

漆黑的夜晚，顯現不出汙穢的無人巷弄。下個不停的雨中，有一名少女握著瀕死精靈的手。

「對不起、對不起、對不起、對不起、對不起……」

響在腦海中不斷思考，希望能順利交換。卻不停顫抖。

交換人格，便會失去自我。那是殺死對方，也是殺死自己。

緋衣響正打算殺死兩名少女。

只能這麼做了。不知反覆思考過多少次這句話，但最後的臨門一腳怎麼樣都踏不出去。

所以，她更強烈地回想。

回想過去的光景，安穩的生活，光是在一起就心滿意足的時光。

永遠無法挽回的平靜光景。

「別忘記，別忘記，別忘記，別忘記，別忘記，別忘記！絕對不准忘記那些光景！」

高聲吶喊。

發動無銘天使〈王位篡奪〉。

巨大的鉤爪從俯臥在地的精靈少女身上剝奪了一切，埋入緋衣響體內。

而被奪走一切的精靈變得空空如也。

◇

結束漫長的獨白，她逐漸從精靈轉變成準精靈。捨棄充裕的容器，逐漸恢復原本的空無。

「……我一直都在欺騙妳。」

到剛才為止還是狂三的少女如此說道。

空無茫然地傾聽她的自白。

「我早就知道妳失去了記憶，也早就知道妳是什麼人。可是，我卻沒有告訴妳。明明知道，卻還說謊。因為我必須——不斷不斷地說謊。」

「……為什麼，不殺了我？」

少女輕輕一笑。

「原因很自私，只是不想看見我死掉罷了。就只是這樣而已。」

流出的時崎狂三慢慢被佇立在一旁的少女給吸收。

「妳走吧。妳是精靈，這件事本來就與妳無關。」

佇立在眼前的她已經逐漸不再空空如也。

精靈一語不發地舉起槍。

「——我不原諒妳。」

「……我能理解，對不起。」

響早就預想到或許會有這種結局。原本就是自己對她做出了非常殘酷的事。

「妳不求我饒妳一命嗎？」

「妳剛才跟我說，夕映保護了我們對吧？既然聽到這件事，我已經心滿意足了。」

她保護了自己。

即使變成了人偶，還是打算遵守約定。

陽柳夕映不管到哪裡都是自己的英雄。光是明白這件事，緋衣響就獲得了救贖。

巨響，寂靜。

就這樣，時崎狂三死去——

就這樣，時崎狂三起身。

◇

少女走出化為廢墟的工廠後，一群人偶十層、二十層地團團包圍住她。

滂沱大雨依然沒有停歇。

「找到妳了。」

被一把扔出的人偶濺起了一大灘泥水。是陽柳夕映的人偶。正確來說，只有她的頭。接著扔出的身體劃滿了無數的醜陋傷痕。是對叛徒的憎惡吧。

少女跪下，輕撫人偶的臉。

自己並不討厭確實遵守約定的存在，無論那是人偶還是準精靈。

「時崎狂三在哪裡？不回答的話就拷問妳喔。」

「……」

沉默。沒有說出佯裝從容到令人可笑的說辭倒是不錯，但完全無視，只顧著撫摸人偶的她令人偶團感到憤怒。

「『像妳摯友那樣』把妳做成人偶再殺掉，也不錯呢！」

無反應。

焦躁過頭而顯得莫名淒涼的感覺竄過人偶團的內心。

「我在……問妳耶。」

無反應。

因為傾盆大雨能見度不佳，沒有一具人偶能看清她的臉。

模樣、服裝，確實是空無沒錯——不，等一下。

「妳打算使用那把槍嗎？」

無反應。

原本是時崎狂三在使用的老式手槍緊握在她手中。

——然後，空無終於做出反應。

「嘻嘻嘻嘻嘻
嘻嘻嘻嘻嘻嘻嘻

「嘻嘻嘻嘻嘻嘻嘻嘻嘻嘻嘻嘻嘻嘻」

那是宛如窺探地獄深淵的尖銳笑聲。

與其說惱怒，不如說是恐懼到達臨界點的關係，一具人偶發出奇怪的叫聲飛撲過去。「操偶師」的人偶甚至能模擬、重現準精靈時代的靈裝。她的靈裝以宛如火箭的速度捲起火焰。

面對以猛烈之勢衝過來的人偶，本應毫無力量的空無少女卻像打蒼蠅似的笑著擊潰了人偶。

「……啥？」

人偶團開始騷動。看見這一幕的「操偶師」也很久沒嚐到這種如鯁在喉，極為不快的感覺。

「妳們可別誤會了，我對這具人偶沒抱有什麼特別的感慨。」

——她說的是真的。畢竟就她的立場而言，那具人偶不過是陌生人罷了。

「所以，我認為我就這樣離開這裡是最妥當的選擇。」

如果她想走，沒有人攔得住她。

「不過，該怎麼說呢？我『有點惱火』，而且是『一肚子火』。無論是被捲進麻煩事，還是妳們的存在，都令我厭煩得不得了。」

口氣不一樣。

嗓音也不同。

仔細一看，靈裝散發出來的靈力也今非昔比。

冷靜點。人偶群對自己這麼說。時崎狂三是假貨，冒牌的，不過是緋衣響變身而成，隨處可見的準精靈。

再說了，萬一，不，就算億分之一她是精靈，己方聚集了這麼多的人數，怎麼可能會敗北。

「操偶師」也拚命說服自己。

不可能戰敗。自己這個第十領域的支配者——

會畏懼單槍匹馬的敵人——

絕不可能！

「所有人突擊！上吧！」

少女不進不退，歡迎突擊似的張開雙手。一隻手拿著短槍，另一隻手拿著長槍。

而她的背後顯現出一座巨大的時鐘。

這才是她的天使——支配時間與影子的〈刻刻帝〉。

「不，說厭煩可能辭不達意。不好意思，我就更直截了當地說了——『我想殺了妳們』。」

黑與白可自由交換。

不是黑白摻雜，而是流暢地推移。

周圍像是被黑暗鋪蓋而過的感覺。

伏地畏懼吧，坐以待斃吧，小卒們。
站在汝眼前的並非垂死野獸。
　　並非染血的等死之人。
手持老式手槍，嘴咬影子槍彈，與戰慄共同佇立的那道影子——
無疑是非人之徒。

高聲吶喊吧，災厄啊。
爾是意志堅定的非人者，時間與影子的支配者。構成鄰界之理的十之一。
名為時崎狂三。
史上最邪惡、最恐怖、最多數的精靈，同時也是勇往直前的戀愛少女。
「我就大發慈悲地蹂躪你們吧，一群廢物。」

絕望開始。
當然，那並非指接下來要單槍匹馬而戰的時崎狂三——
而是指面對最邪惡精靈這個災厄的人偶團。

雙手舉起的槍連續發射出子彈，每一彈都準確地射穿人偶的靈魂結晶碎片。狂三一邊狂笑，一邊裝填子彈。

「先來暖暖身吧。〈刻刻帝〉——【一之彈】！」

開槍射向自己的狂三以暴風般的速度向前衝。

接近狂三、釋放斬擊的人偶群不見狂三的身影，立刻陷入恐慌。

「跑到哪裡去了——！」

位於遙遠後方的人偶突然受到一陣衝擊，被擊向空中。

擔任指宿帕妮耶視覺的人偶慢了好幾拍才終於回過頭。

「……那是怎麼回事啊？」

人偶被一腳踩爛。狂三的腳固定住人偶，人偶不斷掙扎。她瞄準人偶的頭蓋骨，扣下扳機。

「這是怎樣！這個……怪物！到底是何方神聖啊！」

人偶接二連三被擊碎。

不過，人偶並非單隻或複數，而是軍團。其中一具逼近狂三，掄起巨大的剃刀，與其說是要剃頭髮或鬍子，根本就是為了切斷對方的動脈。

狂三嗤之以鼻——用牙齒擋下鋒利的刀刃。

「噫！」

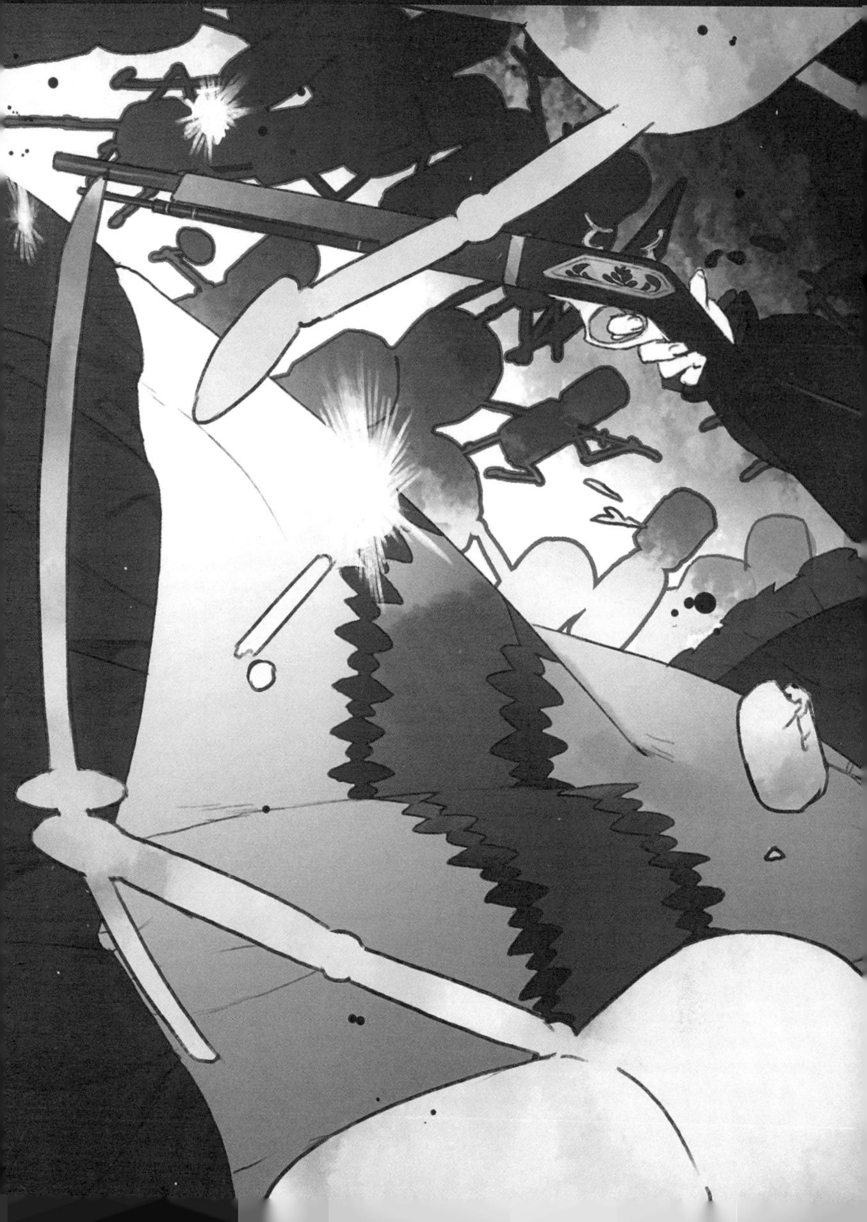

人偶一臉驚愕。狂三轟飛她的頭蓋骨，在空中踢飛從口中吐出的剃刀。以猛烈速度飛去的剃刀刺進原本用槍瞄準的人偶的眉心。

「所以我不是說了嗎?本小姐就陪妳們這群廢物玩玩。所以說——妳們再撐久一點吧。」

一具人偶偷偷來到狂三的背後，一語不發地將長矛刺進她的胸口。

「哎呀、哎呀。」

「刺死了！」

「不，還沒！」「所有人聚集起來！」「大家！」「一起殺死她！」

一群手持長柄天使的人偶蜂擁而至，長矛、長劍一個接一個地刺進狂三的身體。粉碎靈魂結晶的觸感。

「幹掉啦！」

歡喜的咆哮——瞬間化為泡影。

「為……什麼……?」

己方歡欣鼓舞刺死的是剛才最先用長矛刺穿狂三的人偶。

人偶團陷入恐慌。構成指宿帕妮耶的那群人偶愕然想起一件事。

「影子……！」

沒錯，她們都忘了，對方能自由自在地操縱影子，透過影子在不同空間移動。

「消失了！」「在哪裡！」「不見了！」「不在這裡！」「也不在那裡！」

找不到。她已潛入影子中。

「別慌張！繼續找，繼續找——」

嘻嘻嘻嘻嘻嘻嘻嘻嘻。

再次響起狂三的狂笑。

一陣寒顫，如冰矛貫穿脊髓。如果人偶有汗腺，肯定會因為精神壓力而冒出凍結般冰冷的汗水吧。

一具人偶被拖進影子裡——隨後又被扔了出來，靈魂結晶已被剜出。

粉碎、擊斃、損害、扭曲、破裂、劈開、分解、斬殺、敲擊、撕爛、毆打、輾壓、破壞、爆裂、踐踏。

人偶團被破壞得慘不忍睹。

只憑一發子彈便讓人偶停止行動。即使躲過槍林彈雨，挑戰近身戰，也會被拖進影子當中。

從遠距離攻擊也是一樣。

殺不死。她絕對殺不死。

只要「操偶師」一聲令下就能組成敢死隊的人偶團。對她們而言，死絕非事不關己。即使如此，她們還是自豪最強、頌揚最強，團結力量大。堅信只要數百具人偶一齊攻擊，任何敵人都能打敗。

即使是精靈時崎狂三也不例外。當然，如果她像其他精靈一樣擁有暴虐蠻橫的災厄能力，倒是很棘手，然而絕非如此。

狂三只不過會操縱影子……只不過會用槍提升體能罷了……

不對。完全不對。

不僅僅是那麼簡單的能力。

她的能力，是定位於更加根源的能力——那是支配世界的能力本身——！

狂三從影子滑出，腹部流著血。這個事實令人偶團感到有些欣慰。

但是，狂三用短槍對自己射擊後，傷口立刻像倒帶般復原。

那荒唐的回復速度是怎麼回事？

狂三用她的雙眸窺視帕妮耶……正確來說，是位於帕妮耶體內的那群人偶。

「噫！」那群人偶發出尖叫。

「——嘻嘻。」

嗤笑，嘲弄。

直到現在才看見的時鐘眼瞳，看起來似乎很愉悅的樣子。不，確實樂在其中，透露出打從心底感到無比歡欣的情緒。

「妳很開心吧？快樂到了極點吧？畢竟是妳至今為止所做的事嘛。以強大的力量蹂躪敵人，觀賞她們求饒、掙扎的模樣——是啊、是啊，我不否認，那真的非常非常快樂呢。」

一具人偶悄悄接近狂三的背後——狂三頭也不回地開槍射擊。人偶整個頭連同靈魂結晶碎片一起被轟飛，一槍就解決了。

「只是，『妳似乎沒有想過那個對象會是自己呢』。啊啊，啊啊，這可不行喲。妳的認知太淺薄了。以牙還牙，因果報應，那才是道理呀。」

「……吵、死了！吵死了！給我閉嘴！妳不可能獲勝！要打倒妳，頂多只需花三百具人偶。我還有一千五百具以上的人偶！妳！不可能！獲勝！」

「嘻嘻嘻嘻嘻嘻！不要那麼害怕嘛。可愛的帕妮耶——告訴妳一件好事吧。」

狂三指向廢工廠說道：

「不久前披著我的皮，使用我的能力的傢伙，『就在那裡喲』。」

「什麼——！」

「不過，她對我來說根本無關緊要。妳想收拾她的話，請自便。」

狂三如此說著，同時凌空一躍，輕巧地跳到電線桿上。

「……妳在打什麼算盤？」

帕妮耶戰戰兢兢地問道。狂三哈哈大笑，聲音特別響亮。

「我打算立刻前往『操偶師』的身邊，如此一來，妳搞不好還能拿她當人質，好好演說一番呢。我最怕麻煩了，要殺就快點殺。我想她與其被抓去當人質，也寧願自殺吧。」

帕妮耶人偶團聽懂了剛才那些話真正恐怖的地方。

「披著我的皮，使用我的能力」——

「那、那麼……妳該不會是正牌的精靈吧？」

「這可難說嘍。我們再廝殺一下，不就能知道了嗎？可是……現在的妳們『無聊死了』，『我就放過妳們』。夾著尾巴滾回去吧。」

「開什麼玩笑！」「我要殺了妳！」「殺了——」

射殺。

頭蓋骨被擊碎的人偶不斷地抽動。人偶團已經無力反擊了。

「做好萬全的準備再來迎擊我吧。還是說，妳以為用這裡剩下的區區一百具人偶，就能消滅我嗎？」

人偶團早已失去鬥志，包含潛藏在指宿帕妮耶體內的那群人偶。她是精靈，不動用整支軍團迎擊是殺不死她的。

「隨妳們選擇吧——看妳們是要死在這裡還是死在主人身邊。頂多只有這樣的差別而已。」

嘻嘻嘻嘻嘻嘻。笑得特別高亢的時崎狂三宛如溶在雨中般消失了蹤影。

「必須回去！」「必須回去！」「必須趕快回去！」「會被殺死、會被殺死！」

指宿帕妮耶也拿不定主意。但是，留在這裡——無疑是死路一條。

「撤退吧！回去保護主人！剩下的所有成員，全去保護那位大人！」

就這樣，等到所有人偶都離去後，狂三終於鬆了一口氣。

雙膝跪地，按住劇烈跳動的心臟——忍受一湧而上的疲勞。雖然頭暈目眩，還是避免失去意識。

「……還好都是些頭腦簡單的人偶。」

剛才那些言行舉止幾乎都是虛張聲勢。狂三所使用的天使〈刻刻帝〉能力非常強大，但必須消耗相對的「時間」作為代價。

等於是消耗時崎狂三的壽命。

對「她」而言，那些消耗是致命性的。

「我是會從人類身上『吸取』時間……但沒想到竟然會『吃掉』瀕死的人偶。」

兩百八十具人偶當中，真正粉碎掉靈魂結晶碎片的有五十具左右。剩下的人偶盡可能擊潰，使其無法再戰鬥。

……話雖如此，並非是對人偶手下留情。

「那麼……我要享用嘍。各位，再見嘍。」

狂三發動了那駭人的能力。名為〈食時之城〉的結界，會吸食所有踩到她影子的生物的「時間」。

狂三毫不猶豫、毫不留情地吸食那些半死不活的人偶的時間，置之於死地。

感覺比想像中還要不舒服，甚至令狂三想要嘔吐。她們原本是人類，並非人偶。正確來說，是準精靈。但狂三知道她們的來歷，因此還是把她們當成原本的人類。

換句話說，她殺了兩百八十個人。

當然，藉口要多少有多少。第一，若不殺她們，自己早就被殺死了。第二，為了生存下去，需要壽命以外的「時間」。第三，她們只能永遠這樣生存下去，盲目地相信「操偶師」，以扭曲的人格存在。

狂三認為應該殺了她們。

狂三希望她們應該被自己殺掉。

無論如何，都存在著一個問題。

「要是那個人看見這幅場景……會怎麼想呢？」

散落四周的，是遍地的遺體。

應該——不會挨罵吧。他雖然擁有強烈的倫理觀和正義感，但勢必能判斷這種情況也是無可奈何吧。

甚至有可能反過來一臉悲傷地安慰狂三。並不是為人偶死去而悲傷，而是對狂三不得不選擇這個決定而感到悲傷。

若是真的受到這種對待，狂三有自信會喜極而泣。

「好想見他啊……」

自言自語隨風飄散。之後，狂三暫時禁止自己再說出軟弱的話。反正死人還會繼續增加。

她望向恢復寂靜的廢工廠。她已經沒必要再回到那裡。

恢復能力、恢復樣貌、恢復記憶——不，等一下。

「……哎呀哎呀哎呀，真是奇怪呢。」

「缺少了記憶」。頂多只知道自己是時崎狂三，不曉得那個人的名字。真奇怪。明明那麼喜歡他，喜歡得要命，卻完全記不起和他說過什麼話。

說起來，自己又為什麼會在鄰界？自己應該在準精靈稱為那邊的世界的人類世界生活才對。

也許是——死掉了。

不過，這樣還是很奇怪。精靈死後，還可能回到鄰界嗎？

但狂三現在沒有餘力仔細思考。所幸喪失記憶似乎不會對繼續戰鬥造成影響。

反而烙印下了求勝必要的強烈動機。

……真要說的話，自己應該算薄情吧。冷酷、殘忍，有覺得應該利用別人的傾向。

話雖如此，她絕不至於貶低她們的意念。

是她們自己選擇戰鬥，狂三沒有介入的餘地。不過，那名少女卻以此為笑柄，一副認為那些準精靈的願望、意念一文不值的樣子，嘲弄她們。

那是絕不該饒恕的事。

因為無法饒恕，所以只能這麼做。

「我要將妳徹底撕裂。」

暫時將回憶鎖進重要的小盒子。

過去高高在上，誤以為踐踏他人就是戰鬥的支配者啊，洗好脖子等著吧。

「『操偶師』，接下來——」

時崎狂三面露笑容，周圍的空氣應聲扭曲。

「——開始我們的戰爭(DATE)吧。」

◇

○「操偶師」

——記得一開始是想要朋友。

我是個超級膽小鬼，存在於鄰界的底層，沒有任何一個關係親密的準精靈。

其他準精靈望著我的眼神都是「嗯，應該馬上就會死吧」，像是看著賣剩便當的冷漠視線。

至今我依然害怕那些視線。

我的無銘天使會製造朋友給我。那個朋友會對我忠誠，會陪我聊天，會代替我不惜生命去戰鬥。

不過可悲的是，人偶孤身一人的話非常脆弱，而且其他準精靈似乎不能接受人偶存在。

說我的人偶會侮辱、凌辱她們。無法原諒。

說得非常過分。

無可奈何之下，我只好增加人偶，只好用數量來對抗質量。我增加人偶的數量，一個勁兒地增加，順便把知道我醜陋過去的準精靈一一變成朋友。

真是開心。

每天都過得燦爛輝煌，我被許多朋友包圍，悠閒自在地支配著世界。

靈。

我盡量不去接觸其他領域，只在自己的小世界裡永遠過著我的人生。

不過，偶爾也會有異己分子造訪這個領域。喜歡戰鬥，不戰鬥就活不下去的那種野蠻的準精靈。

要擊潰她們很簡單，但有一個憂慮。如果只有一名準精靈，還能像螞蟻一樣踩死；十名準精靈的話，還能像扭斷小狗的脖子一樣殺死；一百名的話——如果不考慮自己這邊的犧牲，還能獲勝。但是，有可能會戰敗。

就算她們各自的力量沒什麼大不了，但考慮到她們各自的靈裝和無銘天使的能力，戰力便大大地提升。

所以，我決定讓她們自相殘殺。

報酬是一百人份的靈魂結晶碎片。話雖如此，其實我根本沒打算送出去。

勝利者總是人偶。她們將無法團結合作，醜陋地自我毀壞。

這下子總算能安心過活——過著安穩、夢幻般的日子。

……然而，時崎狂三卻出現了。

她太邪惡了。當我得知她是冒牌貨時，不知有多麼安心。

不過，偏偏跟隨她的那個空空如也的少女竟是真正的精靈。
我錯了。應該打從一開始就全力殺死那個看似無害的少女。
明明有好幾次機會，卻錯過了。
不過，她也放過了我。我手邊還有一千五百具人偶。儘管放馬過來吧，時崎狂三。
支配這個領域的是我，「操偶師」。

「……找到了！」「找到了！」「找到了找到了找到了！」「精靈！」「時崎狂三！」「必須戰鬥！」「必須保護！」「必須殺掉！」
——終於來了。
一千五百對一，數量上壓倒性地勝利，質量上卻是絕望性地低劣。不過，數量通常會驅逐質量，更別說那個質量只有一。質要超越量，必須是無敵的。
而時崎狂三並非無敵。她的確能在一瞬間就治癒傷口，但她那一瞬間確實受了傷。
「……聽我說、聽我說、聽我說！她不是絕對！她不是無敵！」
「沒錯！那的確是災厄！令人束手無策的絕望！但是！但是！能夠對抗她！能戰勝！應該能戰勝才對！」

朱小町平常沉穩的聲音尖銳得刺耳。

呂科斯平常威嚴的聲音迫切得醜陋。

即使如此，人偶團還是高舉無銘天使歡聲鼓舞。因為對這群人偶來說，主人的話是絕對的。

「主人下令，殺了她！」

「主人下令，徹底殺死她！」

聽見「操偶師」說的話，人偶們開始行動。

擠滿天空、陸地和建物的，是一千五百具人偶。

而與之對抗的，只有——時崎狂三一人。

「戰爭開始。響鈴吧。」

「明白了，主人！」

學校的鈴聲震天價響。

◇

學校的鈴聲響徹四周——作為戰鬥開始的信號有點沒有緊張感，但算了。

「對手有一千五百，我只有一人……」

這也算了。

就算失去記憶，也大概能理解。自己活著這件事本身就是個天大的奇蹟。

隨時從世界上消失也不奇怪。

「……真是怪呢。明明害怕得想哭。」

只要閉上眼睛，就能看見一名少年。

自己想問一次那個人看看。為什麼有可能會死，還做出那種選擇？

人類會死。但盡可能想延長死亡期限是人類的本能。

即使是渴望死亡的人類，只要除去帶來死亡的痛苦，應該還是會渴望生存吧。

……那個人卻不是。

逃也無妨、求助也無妨，就算受挫氣餒，又有誰會責怪呢？

他身邊的那些女孩們應該也曾想過吧。

感覺就快死掉的這個人為什麼還站在這裡？

精靈們不希望看到這種狀況。不對，是會感動，但還是希望避免。因為只要他在身邊——自己就能得到救贖。

「……所以，不能連我都哭泣害怕。」

自己擁有子彈。

自己擁有〈刻刻帝〉。

自己擁有〈神威靈裝・三番〉。

狂三將影子裝填進短槍和長槍裡。綁緊靈裝的緞帶，照了一會兒鏡子。

「……很好。」

至少不輸那個人周圍絢爛無比的精靈們。雖然最近開始思考只有黑色和紅色是否太暗沉了，但她絕對不要回到全身白的甜美蘿莉路線。

她對自己還能思考這種無聊的事情感到滿足。

然後跳出窗外。

雨已經停了，天空是美麗無比的暮色。橙色光芒照耀出空無一人的空虛街道，還有潛藏各處的人偶。

狂三佇立在道路的正中央，拎起裙襬，優雅地行了一個禮。

然後——

「那麼，各位，我來拯救妳們了。」

一千五百具人偶朝說出蠢話的時崎狂三一湧而上。

一群人偶的慘叫聲拉開了戰爭的序幕。

「〈刻刻帝〉——【一之彈】！」

瞬間加速。一千五百具當中的五百具人偶追不上狂三，眼花撩亂。剩下的一千具好不容易才用她們的玻璃之眼捕捉到狂三的殘像。

但一千具當中的五百具人偶理解到她們只是捕捉到狂三的殘像，根本無能為力。

可能捕捉並且攻擊如暴風般呼嘯而過的時崎狂三的，只剩五百具人偶。

其中四百具的攻擊全都沒有擊中狂三。跳躍、旋轉、迎擊、加速、減速、眼花，所有的行動都沒傷到狂三一根寒毛，狂三飛奔在道路上。

只剩下最後的一百具。

「……！」

狂三連續開槍。一百具人偶迅速閃開子彈。

「妳還記得我嗎？」

「……記得。」

狂三微微皺眉，回應手持巨大放大鏡的人偶的呼喚。

「那麼人家呢？」

「那我呢？」

狂三露出苦澀的表情，也對那兩人點頭。

「妳也記得我嗎？」「妳也記得我嗎？」

五具人偶佇立在她的正面。

「雪莉・姆吉卡、土方征美、武下彩眼、乃木愛愛、砺波節繪。」

既不是同伴也不是朋友，甚至稱不上勁敵。

不過是三天左右的時間，互相廝殺，極為冷淡的關係。

即使如此，「操偶師」還是抱有期待吧。雖然時間短暫，因為有過交流，精靈是否會產生同情心呢？

是否會心生遲疑，產生破綻呢？

——自己的確產生同情、遲疑和破綻。

但她有一件事失算了。可不能忘記時崎狂三直到短短數小時前，都是空空如也的空無少女。

她比別人還愛哭、愛笑、膽小，而且最重要的一點，她對準精靈們感同身受。

「……沒錯，就是這樣。」

曾經天真地想要談戀愛的少女。

曾經對戀愛為何物感到憧憬的少女。

還有短時間內感到關係親密的少女們，以及儘管鬧彆扭說討厭自己的名字，卻仍持續報上姓名的少女。

——啊～～「真是完全跟自己無關」。

「雖然跟自己無關，但心情十分差」。所以，她要直接表達出她的心情。

「妳真的徹底惹怒我了呢，『操偶師』。」

踏出腳步的同時，狂三將長槍塞進五具當中的一具人偶的上顎，用力將她甩到路上，並且扣下扳機。

砰一聲，人偶瞬間破裂。

人偶沒有膽子，也沒有汗腺，但似乎還是會因為害怕而凍結身體。

「我不會再讓妳玩弄她們了。」

當然要殺。

已經決定要殺死她們了，決定不再讓她們受到侮辱。

「狂三說到做到」。

將五具人偶全部殺死，只花了七十七秒。時崎狂三竭盡全力與她們戰鬥，不斷發射子彈。

「她們為我們爭取了時間！」

「沒錯，現在正是展現妳們力量的時候……！」

朱小町和呂科斯下達指示。

九十五具人偶、四百具人偶、一千具人偶，把握這個機會一湧而上。時崎狂三沒有逃到影子中，只是筆直地瞪視前方。那群人偶全都位於她的背後，沒有任何東西阻撓。

「抓到妳了，『操偶師』。」

「別說傻話了。哪會被妳抓到啊……！」

時崎狂三站著的三百公尺前，就是這個區域的中心建築——那所學校。「操偶師」確實就在那裡。

校舍的最頂樓籠罩著強力的靈力圈，是這場戰爭唯一能安穩地生存下去，如天堂般的領域。

「操偶師」需要什麼才能支配這個領域？

所謂的支配就是頂點，位於頂點者勢必想處於高處。這一點，就連慎重膽小的「操偶師」也不例外。

狂三之所以會警告人偶去保護「操偶師」，是為了將她的推測轉為確信。

果不其然，不管狂三從哪個方向來，人偶群都安排在保護那棟建築物的位置。

「操偶師」在建築物的哪裡並不構成問題。而且，狂三也不會給她逃跑的餘力。

「我就把妳拖下來吧。」

狂三驅動大時鐘，用吸收影子的長槍筆直地瞄準前方。這個舉動看起來毫無意義，甚至令觀察狀況的「操偶師」感到困惑。

「『操偶師』，妳的大限已至。〈刻刻帝〉——【三之彈（Gimel）】。」

狂三扣下時間的扳機。

那發子彈射進位於馬路對面的校舍牆面——牆面後方是一切起點的那間教室。

狂三的想法是對的，但做法不對。對一棟大樓開一槍又有什麼用呢？

「……？」

沒有爆炸。校舍依舊泰然地佇立著。「操偶師」暫時鬆了一口氣，狂三持續朝建築物發射子彈，加深了她的疑惑。

「【三之彈】。」

「【三之彈】。」

「【三之彈】。」

「【三之彈】、【三之彈】、【三之彈】、【三之彈】、【三之彈】、【三之彈】。」

人偶團終於追上了她。

其中一具人偶擒抱住狂三，於是其他人偶也跟著一湧而上。

然而，即使失去平衡跪趴在地，全身受到短劍攻擊，狂三也完全不退縮，繼續用長槍瞄準建築物——

「【三之彈】——！」

射擊。

「啪嘰」，建築物響起奇怪的聲響。

「什、麼……？」

「這是怎麼回事……？」

呂科斯和朱小町的表情透露出不安。

像在回應他們似的，快被一千四百多具人偶壓扁的狂三笑著回答：

「【三之彈】跟【一之彈】一樣，功能都是加速，只是加速的方面不一樣。如果說【一之彈】是『加速外在的時間』，那麼【三之彈】就是『加速內在的時間』。」

【三之彈】的加速是內側，也就是會吞食射擊對象內在時間的子彈。

人類的肉體頂多只在不滿三十歲前還年輕健壯，之後便會像溜滑梯一樣逐漸「老化」。

【三之彈】便是加速那溜滑梯的速度。

人類會從小孩變老人；樹木會從嫩樹變老樹。而——水泥的話，則會從堅硬的水泥塊變成「如豆腐般脆弱」。

啪嘰、啪嘰、啪嘰。

人偶團目瞪口呆。不可侵犯之塔，舉辦戰爭的起始地。

象徵第十領域繁榮的校舍發出哀號。

「那棟校舍是新蓋的吧？那我可真是抱歉了。那棟建築物剛才『已經變成屋齡千年的建築物』了。」

一聲轟然巨響，校舍朽壞崩塌。

人偶團發出哀號，甚至遺忘狂三的存在。這也怪不得她們，因為她們的主人在那棟校舍的最頂樓。

所以「操偶師」只能逃，只能狼狽地衝向這片天空。

然而，「操偶師」卻完全不打算逃離倒塌的建築物。就算是準精靈，毫無防備地從最頂樓摔下也免不了重傷。

但她卻沒有出來，就代表——

◇

睜開眼睛後，發現身上毫髮無傷。

只是衣服沾滿了鮮血，嚇了一跳。頭髮、手腳都不再是時崎狂三，而是隨處可見，空空如也的空無少女。

朝陽開始射進廢工廠。原本下個不停的雨也完全停歇，似乎經過了一個晚上。

「狂三呢……」

她站起來。外面靜得駭人。看來沒有任何人偶、準精靈等生物活動的跡象。

「空無一物的街道。」

這條街道什麼都沒有，空虛得令人悲哀。跟自己一樣。

……當沒有看見人偶的身影時，自己就隱約察覺到了。但她並不期待，因為也有可能只是單純一切都結束，連「操偶師」都不要自己罷了。

自己沒有存在價值。

沒有活下去的理由。

但如果保住了這條性命，就必須見證結局。

那是緋衣響的義務和責任。

響有氣無力地獨自前行。目的地應該是最初邂逅的地方，互相廝殺的起點——那棟中央校舍吧。

越靠近目的地，她也漸漸察覺到狀況的異常。

「堆積成山的屍體。」

一群人偶失魂落魄般癱倒在地。當然，全是「操偶師」的士兵。

死掉了。

有些人偶有外傷，但絕大部分都沒有。

心跳加速。

校舍完全崩毀，也就代表——

「狂三！」

響呼喚坐在廢墟，一副百無聊賴地晃動雙腿的少女。狂三回過頭，看來有些失望的樣子。

「哎呀，妳還活著呀。」

「是妳治好我的吧？」

狂三發射的子彈是以復原為目的的【四之彈(Dalet)】。倒流時間，別說是傷口了，連被砍斷的手臂

都能修復。問題在於，響是怎麼復原的？

如果只是治療傷勢，那麼緋衣響會回到冒牌時崎狂三的時候吧。但她的肉體時間卻返回到健全的瞬間，恢復她原本的身體，沒有死亡。

「呃，謝謝妳。」

「沒什麼。只是一時興起罷了。重點是，妳看。」

狂三冷漠地回應後，指向瓦礫深處。

響朝那邊移動視線——瞪大雙眼。

那裡躺在一名少女，以及兩具緊貼著少女不放，像是在保護她的人偶。

是朱小町和呂科斯。只有那兩具人偶……還活著。

「躺在那裡的少女，好像是『操偶師』。」

「……她死了嗎？」

「很遺憾，我還活著。不過，我一根手指都動不了了。」

「操偶師」睜開眼睛。被響為第十領域最強的她長得跟指宿帕妮耶一模一樣。

與其說少女，不如說像法國娃娃。

「妳、妳們不交手嗎？」

「她似乎動不了。不是我害的，而是本來就動不了。恐怕從她來到這個鄰界之後，就一直沒辦法動。」

「那麼，只有人偶……？」

「只有人偶是我的生命線。我的人生全靠她們。」

她是令人憎恨的存在，即使如此，緋衣響也只能感嘆。

也就是說，她躺在這張床上，只操作人偶，就爬到第十領域支配者的位置。

「咦，可是……那麼，為什麼……？」

反過來說，看到她以這樣的姿態現身後，響也能夠理解。她很弱小，只要一發子彈就能解決一切。

「……我在等妳。」

狂三嘆了一口氣。

「等我？」

響覺得莫名其妙。狂三翩然降落到她躺著的床前。

兩具人偶移動身體。雖然害怕，還是以堅決的表情瞪著狂三。

「我跟『操偶師』無怨無仇。雖然對她的所做所為感到有些憤怒，但要復仇、要殺害，就另當別論了。」

緋衣響明白時崎狂三是要自己親自了斷恩怨。

「讓我來嗎？」

「沒錯，如果妳渴望復仇，應該由妳扣下扳機。只有妳有這個權利。」

摯友被奪走。

拚死拚活，不顧一切想要報仇。

時崎狂三只是碰巧搭上那班列車，不過是個過客罷了。本人如此告知。

「來吧，舉起槍吧。」

狂三將手槍輕輕塞進響的手裡，然後整個人貼住她的全身。影子滑進槍裡。

「接下來，妳只要扣下扳機就好。」

「要殺要剮隨便妳。」

「操偶師」輕聲竊笑。

「求求妳，饒了她……饒了她吧。我們讓妳破壞個過癮。」

「拜託妳，住手！……我什麼都能給妳，靈裝、靈魂結晶，所有的東西。把第十領域的一部分當作妳的領地也行。妳就在那裡隨心所欲，盡情地實現妳的願望就好。我向我的主人發誓！絕對不會出手攻擊那裡！」

兩具人偶拚命試圖阻止。

那苦苦哀求的模樣令響一時心軟——想要撇過頭，卻自我克制。

狂三在她的耳邊輕笑，低喃道：

「……也對。搞不好『操偶師』根本沒罪。」

「有。我有罪。妳可別搞錯了，空無。增加人偶從頭到尾都是我的意思。」

「操偶師」態度堅決地如此宣言。

勾在扳機上的手指充滿力量。

別說那種煽動憎惡的話。

會讓自己忍不住扣下扳機……！

「給我住嘴，『操偶師』。別對她的判斷加油添醋。」

「操偶師」邪魅一笑。

她這個舉止讓響明白她是故意在激怒自己。換句話說，現狀對她來說是最痛苦的。

「狂三，背後的人偶——」

「全部都停止了。似乎不可能再次活動，靈魂結晶碎片已經粉碎。」

那麼，只要打倒剩下的人偶——就是最大的報復吧。

「……沒錯。如果妳的目的是復仇，那一定是正確的判斷。」

「給我閉嘴！」

頭腦發熱，指尖冰冷，身體顫抖，無法順利瞄準。

「哪邊都是正確的。」

狂三低喃。

她那真摯的呢喃不可思議地滲透進響的心中。

「不論扣下扳機還是不扣，都是對她的報復吧。既然如此，重點就在於『妳怎麼想』了。」

將她推落孤獨的深淵，讓她品嚐絕望的滋味。

……真棒的選擇，無論怎樣的準精靈都不會有怨言吧。朋友被她製作成人偶的準精靈，不知有多少。

不過——

不過，不知為何——心情感覺不太舒服。

「……這樣啊。原來我覺得妳很可憐啊。」

「妳大可不必同情我。」

「不，我同情妳，憐憫妳，對妳產生惻隱之心，覺得妳很可悲。但是正因如此，我才要扣下這個扳機。」

「……妳說的話還真是矛盾呢。」

「並不矛盾。因為，妳看起來非常痛苦。」

所以——必須讓一切劃下句點。

每一個人都是在痛苦、掙扎中不斷戰鬥。

她身為支配者，長久支配著第十領域，卻也仍然在戰鬥。

以一步也不能動彈的肉體操作人偶，居於高位。那一定很辛苦吧。

「我要以憐憫之心扣下扳機。」

「……是嗎？本來想說至少在最後希望被人憎恨的。真無奈啊。」

扳機比想像中還要輕，槍聲太大，與其說聲音，比較像是衝擊。

想要保護她到最後的人偶眼瞳失去光芒，無力地癱倒。

「殺死她了。」

「不，不對。妳是替她送行，送她到該去的世界，她一直期望的黑暗。」

才沒那回事。響打算反駁，卻說不出話。

「操偶師」的臉龐在朝陽的照耀下，宛如沉眠般安詳。

像個終於睡著的小孩一樣。

記憶錯綜複雜。她曾是摯友的仇人。為了殺死她，自己嚐盡辛酸。但是最後的最後，自己卻做出為她著想的舉動。

然而不可思議的是，她竟然不後悔，內心悲傷得認為這就是最好的結局。若自己的摯友還在，是否也會做出同樣的選擇？她相信答案會是肯定的。因為陽柳夕映很善良，一定會這麼做。

緋衣響放下手槍，跪地嗚咽。除了這樣，她想不出其他方法能發洩這份情緒。

◇

——「操偶師」死了。第十領域已經不再屬於任何人。

但在這個領域生活的準精靈還要一段時間才會知道這件事吧。

知道過去以統治者之姿大搖大擺地在這個領域活動的「操偶師」的人偶，已經一具不留地全部消失。

緋衣響呆愣地低喃：

「……結果，活下來的只有我們兩個嗎？」

「不，似乎還有一人。」

狂三如此告知，巨大的瓦礫同時朝狂三扔了過來。

狂三嘆了一口氣，踢飛那塊瓦礫。

「妳還真是粗暴啊，蒼。」

「呃，竟然還活著！」

蒼目瞪口呆地隨意走向狂三後，宛如一隻小狗聞起她身上的味道。

「……那個，妳可以不要這樣嗎？」

狂三一臉厭惡地扭動身軀，撇開臉。

「嚇我一跳。妳們剝下皮囊，互相調換了嗎？」

蒼來回凝視著響和狂三。的確，從她的角度來看，從她昏倒到清醒的這段期間，時崎狂三和空無就已經交換回來了，也難怪她會有這種反應。

「算是吧。虧妳看得出來呢。」

「傷腦筋。我該打倒哪一個才好？」

蒼歪頭苦惱。

該怎麼說呢？感覺像是一頭大型獵犬歪著頭表示疑惑的樣子呢。響會心一笑——雖然說話內容令人一點都笑不出來。

「在妳昏倒的那一刻，不就等於承認戰敗了嗎，蒼？」

「……可是，我想跟妳交手。」

蒼一副躍躍欲試地說道。

「我歷經接連的死戰，已經身心俱疲了。如果妳無論如何都想跟我交手，改天再說吧。」

「唔唔……」

蒼苦思到最後，戰戰兢兢地對狂三說：

「妳能答應我……跟我好好打一戰嗎？」

狂三笑容滿面地伸出小指。

「好的、好的，當然可以。來，打勾勾。」

蒼一臉靦腆地和狂三打勾勾。

（……她完全沒打算遵守約定吧。）

只有響一個人看穿了真相。

蒼因為狂三答應了要求，滿足地回去了。狂三目送蒼的背影，停止假笑，嘆了一口氣。

「啊～～真是煩人啊……」

「妳果然……沒打算守約吧。」

「那是當然的呀。我跟那種體育組精神的人合不來啦。」

「這世上有人跟妳合得來嗎？」

響不假思索地說出這句話後，狂三一語不發地用拳頭抵住她的頭旋轉。

「痛痛痛痛痛痛！對、對不起，不小心、不小心就說出口了！」

「總之，我要離開這裡。想必也不會再遇到蒼了吧。」

「……那個，妳之後有什麼打算？」

響搓揉著疼痛的腦袋詢問。

「還用問嗎？當然是回到原本的世界。妳們稱為那邊的世界的那個世界。」

狂三心意已決。

必須回到原本的世界，才能見到那個人。因為見不到他，才要去見他。

就只是這樣。

「這樣啊……雖然可惜，但也沒辦法。」

「是啊，所以我問妳，要怎麼樣才能回去呢？」

「……咦？」

響目瞪口呆地望向狂三。狂三也目瞪口呆地回望響。

「那個，不好意思。說什麼回不回去的，我完全沒有那個世界的記憶耶。」

「咦，那要怎麼樣才能回去？」

「怎、怎麼樣啊……這個嘛……靠氣勢？」

響舉起雙手擺出加油的姿勢。狂三毫不猶豫地再次用拳頭旋轉響的腦袋。

「痛痛痛痛痛痛痛！我不知道，我真的不知道！再說，又不是我叫妳來的！我是發現妳昏倒在這裡！痛、痛，很痛啦！」

那倒也是。狂三接受了這個理由。雖然接受，但怒氣難平，於是又轉了她的腦袋約五分鐘。

「那、那個！不過，我有一個想法，能前往另一個世界！」

狂三聽了響說的話，停下拳頭。

「那是什麼？」

「這個嘛，說起來這裡被稱為第十領域，也就是還剩下九個領域。聽說越靠近第一領域，就離那邊的世界越近！」

「……也就是說？」

「各個領域都有支配者，而且幾乎不跟其他領域的支配者交流。以前不法侵入其他領域沒那麼難……」

「現在很難嘍？」

「對。那個，也就是說啊，要到達第一領域，必須跟各個支配者交談才行——」

「哦……只要『交談』就可以了吧？」

「妳絕對沒有心要交談吧！」

「我討厭磨磨蹭蹭的。」

狂三轉動老式手槍，笑了笑。

「那、那個，用更和平一點的方法解決啦！我也跟妳一起去！」

「……什麼？」

緋衣響乾咳了一聲，端正坐姿。

「我的復仇結束了。換句話說，我已經沒事可做。不過，我的靈魂結晶在低聲呢喃，說好想跟狂三一起去啊！」

狂三以陰沉的眼神看著響。

「妳曾經騙過我吧？」

「騙、騙過……」

「用我的臉、我的聲音，嘲笑我對吧？」

「有、有這種事嗎……對不起，有。不過，我的無銘天使會連人格都一起剝奪，即使立場對調，我想妳還是會說同樣的話……不，我什麼都沒說！」

「妳要我帶妳這種惡毒無比的人一起去？」

「不、不行……嗎？我想我應該能幫上妳的忙……」

響心驚膽跳，但還是直視狂三，沒有移開視線。

……最後是狂三認輸了。

「真是麻煩……不過，算了。」

「耶！」

「但妳要幫我。那我們立刻行動，要往哪裡去才能離開第十領域？」

「沒問題。我知道第十領域的出口。只是，我知道的是往第九領域的門，其他出口我就不知道了。」

「……總之，能前進就再好不過了。所以，第九領域的支配者是什麼樣的人？」

「那方面我倒不清楚……不過，我知道一件事。」

「什麼事？」

「能歌善舞是第九領域強者的條件。換句話說——成為偶像吧，狂三！」

「原來如此，能歌善舞是強大的條件——呃，等一下喔，妳剛才是不是說了什麼很不得了的話？」

「來吧，目標是成為偶像！別擔心，雖然沒什麼特別的理由，但我想妳一定能成為偶像！」

「詳細情形說來聽聽！偶像！偶像！妳說的偶像，是那個偶像嗎？」

時崎狂三是統治時間和影子的精靈。

墜落鄰界，被消除記憶和記錄的她，只保留了一件事。

她將懷抱著對不知名男子的思慕之情，踏遍這個鄰界。

她正在戀愛。

正在戀愛，不可能實現的戀愛，無法兩情相悅的戀愛。

在旁人的眼裡，大概覺得很奇怪吧。

為了無法實現的戀情如此拚命，可說是很愚蠢吧。

但時崎狂三——還是愛上了那個人。

所以，如果有人問：「妳的夢想是什麼？」她會如此回答吧。

——希望有一天，能再見到那個人。

少女踏出了那一步。

後記

《約會大作戰DATE A LIVE》的讀者，大家好，我是東出祐一郎。

當編輯問我要不要寫《約會大作戰DATE A LIVE》的外傳時，我還滿震驚的。

而且所謂有趣的外傳，其實與乍看之下的印象不同，很難寫。既然是外傳，自然必須熟知原作的設定，不能互相矛盾。就連戀愛喜劇的外傳要以哪個配角作為主角……這種單純的事情，都始終繞著「是否有符合設定？時間序列有沒有正常運作？感情有沒有跟原作互相矛盾？」這些疑問在打轉。

而若是像《約會大作戰DATE A LIVE》那樣包含組織設定的打鬥作品，外傳的困難度又難上加難了。

順帶一提，解決這件事的方法非常簡單，就是「外傳也由原著的作者來寫就好了啊！」。即使發現矛盾，只要說句「抱歉，那是寫假的」就能解決了！能解決嗎？

雖然是在這種困難的條件下開始著手的《約會大作戰DATE A BULLET 赤黑新章》，但其實

我幾乎沒有那方面的苦惱。

編輯：「要以時崎狂三為主角。」

東出：「畢竟她很受歡迎嘛，我也很喜歡她。使用槍，能操作時間，還能增加分身，聲音超級可愛，人又性感。」

編：「（完全漠視）然後舞臺是鄰界。」

東：「喔喔，是精靈原本存在的世界……我好像不記得本篇有特別具體描寫過這個世界。」

編：「對，沒有。」

東：「原來如此，也就是說……我可以愛怎麼寫就怎麼寫嘍！」

編：「不行啦，橘老師會徹底監視！」

……總之，就是這種感覺，橘公司老師徹底監修過一遍了！如果有什麼矛盾的地方，那就……請大家多多包涵。

所謂的鄰界，是精靈們過去存在的地方。

而如今這個世界已不屬於任何人，所有精靈都前往了另一個現實世界。

留下的，是迷失在這個鄰界中的少女們——也就是被稱為準精靈的人。

這個故事是時崎狂三在被遺留下來的準精靈們的世界中展開的旅程。

是少女帶著吉祥物同伴空無，為了與不知名的「他」見面而不斷向前奔跑的故事。

明知自己落後別人一大圈，卻絕不放棄。任性、傲慢、殘酷、堅強又可愛的戀愛少女。

這就是本作中的時崎狂三。

另一人是本作的要角，空空如也的少女空無。

沒有夢想、沒有目標，也沒有未來的無名少女。

愛亂吵亂叫，一針見血地吐槽，不自覺地耍笨，然而似乎懷抱著連自己都不知道的黑暗面。

她就是這樣一個少女。

讀完小說，正在看這篇後記的讀者，應該已經知道她是何方神聖了吧……先閱讀後記的讀者，如果能一邊閱讀一邊緊張她究竟是否能實現夢想就好了。

而圍繞著兩人的廝殺(DATE)參賽者，她們各自懷抱著願望和心情，虛幻地隕落。也請各位不要忘記欣賞NOCO老師美麗的插畫。每個角色都像主角一樣可愛，而我竟然對她們做出那麼殘酷的事情……

最後我要對提案外傳的編輯、同意提案通過並且提供許多有趣點子的橘公司老師，以及畫出超級可愛的狂三的NOCO老師致上深深的謝意。尤其是NOCO老師，突然丟給她將近十人的

角色設計，感覺就算被刺殺也不敢有怨言呢！而且，全部的角色都好可愛！……該怎麼說呢？對不起……真是對不起……可是，不是我的責任，老師。是橘同學要我做的～（還一副臭屁小學生的表情）

總之，期待下集再相會！

東出　祐一郎

約會大作戰DATE A BULLET

準精靈小檔案

Yui Sagakure

佐賀繰唯

靈屬：第七靈屬（變化）　靈裝：〈隱形靈裝‧三四番〉

無銘天使：〈七寶行者〉

無銘天使特性

破壞力：D　速度：B　射程距離：C
應用性：C　特異性：B　遠距離密偵型

無銘天使能力

外觀為略大型的苦無。
張開結界，使對方的五感暫時喪失功能。

Panie Ibusuki

指宿帕妮耶

靈屬：第四靈屬（操作人偶）　靈裝：〈舊糸靈裝‧五二番〉

無銘天使：〈青銅怪人〉

無銘天使特性

破壞力：B　速度：E　射程距離：D
應用性：E　特異性：A　遠距離操作型

無銘天使能力

操縱青銅製巨人……對外如此宣稱。
實際上也是人偶在巨人裡頭活動。

DATE A LIVE FRAGMENT

Aiai Nogi

乃木愛愛

靈屬：第九靈屬（振動）　靈裝：〈輝威靈裝·六三番〉

無銘天使：〈喜悅毒牙〉

無銘天使特性

破壞力：C　速度：B　射程距離：B
應用性：B　特異性：B　遠距離追蹤型

無銘天使能力

外觀為惡毒長矛。
兼具紅外線感應追蹤機能和可怕的毒液。

Ayame Takeshita

武下彩眼

靈屬：第二靈屬（妄想具現）　靈裝：〈恆星靈裝·七九番〉

無銘天使：〈原初長弓〉

無銘天使特性

破壞力：B　速度：B　射程距離：A
應用性：B　特異性：D　遠距離狙擊型

無銘天使能力

外觀為西洋長弓。
能利用膛線增強威力，還有爆破功能等。

Isami Hijikata

土方征美

靈屬:第一靈屬(光)　靈裝:〈特攻靈裝·七八番〉

無銘天使:〈墮天一箇神〉

無銘天使特性

破壞力:A　速度:A　射程距離:E

應用性:B　特異性:C　近距離斬擊型

無銘天使能力

外觀為巨大的日本刀。

利用高速電磁拔刀,提升擁有者的體能。

Sheri Musi-kA

雪莉·姆吉卡

靈屬:第五靈屬(火)　靈裝:〈火焰靈裝·二八番〉

無銘天使:〈炎魔虛眼〉

無銘天使特性

破壞力:B　速度:A　射程距離:B

應用性:A　特異性:C　遠距離掃射型

無銘天使能力

外觀為巨大的放大鏡。

集中太陽光線,發射特別雷射光束。

Furue Tonami

砺波篩繪

靈屬:第八靈屬(風)　靈裝:〈風威靈裝·四三番〉

無銘天使:〈風聲戰輪〉

無銘天使特性

破壞力:C　速度:B　射程距離:B

應用性:B　特異性:B　遠距離斬擊型

無銘天使能力

外觀為環刃。能夠跟蹤、加速、減速、停留、

迎擊、監視、追蹤、竊聽、加工、生產、增殖。

DATE A LIVE FRAGMENT

False Proxy

佛露思·普羅奇士

靈屬:第六靈屬(封印)　靈裝:〈虛空靈裝·九一番〉

無銘天使:〈隱形指〉

無銘天使特性

破壞力:D　速度:D　射程距離:D
應用性:D　特異性:A　近距離集團型

無銘天使能力

由於是利用口中吐出的人偶進行集團攻擊，
事實上並不存在稱為無銘天使的東西。

Tsuan

蒼

靈屬:第十靈屬(?)　靈裝:〈極死靈裝·一五番〉

無銘天使:〈天星狼〉

無銘天使特性

破壞力:AA　速度:A　射程距離:C
應用性:A　特異性:A　近距離破壞型

無銘天使能力

外觀為巨大的斧槍加鎚。
能對對手造成分子等級的破壞。具獵犬的五感。

Kadokawa Comics Illustration

約會大作戰DATE A LIVE 官方極祕解說集

Kadokawa Comics Illustration

編輯：Fantasia文庫編輯部　原作：橘公司　插畫：つなこ

《約會大作戰》官方解說集登場！
各式檔案＆新故事＆創作祕辛滿載！

精靈們的能力值和天使設定，還有揭發少女祕密的隱私情報即將公開。徹底介紹登場角色，甚至是只有在短篇裡登場的人物！還有橘公司×つなこ對談等創作祕辛，更完整收錄第０集小故事等難以入手的三篇短篇，以及在本書才看得到的新創作小說！

台灣角川

NT$230/HK$70

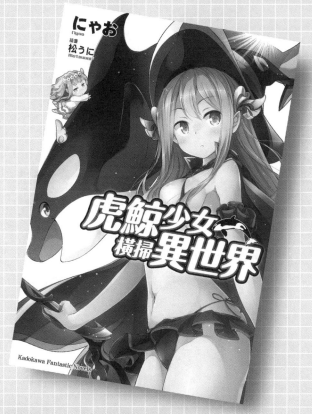

Kadokawa Light Novels

魔法科高中的劣等生 SS

Kadokawa Fantastic Novels

作者：佐島 勤　插畫：石田可奈

另一場不為人知的九校戰！
魔法科高中生們的活躍在此揭露!!

二〇九六年度「全國魔法科高中親善魔法競技大會」。當司波達也為了阻止「寄生人偶」的運用實驗計畫而在「暗地裡」展開行動的時候，魔法科高中生們正在「檯面上」展開一場又一場的熾烈交鋒。包含全新篇章的連續短篇集在此登場！

台灣角川

各**NT$180~280/HK$50~85**

國家圖書館出版品預行編目資料

約會大作戰DATE A BULLET赤黑新章 / 東出祐一郎作 ; Q太郎譯. -- 初版. -- 臺北市 : 臺灣角川, 2018.01-

冊 ; 公分

譯自 : デート・ア・バレット : デート・ア・ライブ フラグメント

ISBN 978-957-564-009-5(第1冊 : 平裝)

861.57 106021783

Kadokawa
Fantastic
Novels

約會大作戰DATE A BULLET 赤黑新章 1

（原著名：デート・ア・ライブ フラグメント　デート・ア・バレット）

2018年2月1日　初版第1刷發行
2024年4月17日　初版第7刷發行

作　　者：東出祐一郎
原案・監修：橘公司
插　　畫：NOCO
譯　　者：Q太郎

發 行 人：台灣角川股份有限公司
總　　監：呂慧君
總 編 輯：蔡佩芬
主　　編：林秀儒
編　　輯：孫千棻
設計指導：陳晞叡
美術設計：吳佳昫
印　　務：李明修（主任）、張加恩（主任）、張凱棋

發 行 所：台灣角川股份有限公司
地　　址：104台北市中山區松江路223號3樓
電　　話：（02）2515-3000
傳　　真：（02）2515-0033
網　　址：www.kadokawa.com.tw
劃撥帳戶：台灣角川股份有限公司
劃撥帳號：19487412
法律顧問：有澤法律事務所
製　　版：巨茂科技印刷有限公司
I S B N：978-957-564-009-5
